Son visage et le tien

Alexis Jenni

Son visage et le tien

Albin Michel

« Le sens se perd si l'on s'arrête de le collecter, de le recueillir – *religere* dit le latin pour parler de religion. Mais pour cela il faut toujours tout reprendre à zéro, dire les mêmes choses dans un tout autre idiome – oui, les mêmes choses ; oui, mais dans un tout autre idiome. »

Bruno Latour, *Jubiler*

« D'autant plus nous comprenons les choses particulières, d'autant plus nous comprenons Dieu. »

Spinoza, *Éthique*

Savoir

Mon grand-père croyait, pratiquait, vivait dans une foi qui m'a toujours paru pesante. Mais il n'en parlait pas, ne l'explicitait jamais ; il la posait sur la table et la table grinçait sous son poids. Il la posait comme une gueuse de fonte, de ces masses métalliques très lourdes que l'on utilise dans la marine, informes et impénétrables, qui n'ont d'autre qualité que leur masse, et que pour cela on attache à quelque chose dont on veut que ça coule, que ça reste bien au fond, comme un filet, une bouée, un submersible qui ne reviendra à la surface qu'en lâchant son lest, sa gueuse, son poids mort qui le tient collé au fond. Il était dans ma famille le seul à croire sérieusement, mais il n'en disait rien de clair, il en tirait seulement des consignes, des interdits, des préceptes de vie dont il ne fallait pas déroger, et lui s'y tenait, disait-il, alors que le monde autour de lui s'enfonçait dans les ténèbres de la relativité morale. Ma grand-mère aussi croyait, mais en femme discrète, qui rappelait de temps en temps les mêmes consignes d'un ton pincé, sans jamais élever la voix. Lui posait sa foi au milieu de tous sans rien dire, gueuse de fonte opaque et très lourde. On n'en savait pas exactement le contenu, on en sentait le poids. Je n'y comprenais rien, ça pesait, ça se tenait là en silence, ça déformait l'espace, et nous en étions tous affectés.

Il allait à la messe du dimanche et revenait méditatif et silencieux, ses deux mains croisées devant lui, selon un geste que l'on fait dans les cérémonies, les enterrements, les commémorations où l'on doit être digne, et l'on ne peut pas mettre ses mains dans ses poches, ni les laisser aller, ni les croiser dans le dos. Ce geste là, il ne le faisait qu'après avoir communié, et je devinais sans qu'il me le dise qu'il suivait scrupuleusement les règles. Il revenait avec le visage apaisé, tourné vers l'intérieur, mais je me demandais de ma hauteur d'enfant s'il s'agissait là de ce qu'il pensait, et que l'on pouvait voir, ou simplement d'une façon de bien se tenir.

J'en suis réduit à noter les petits gestes dont je me souviens, car dans ce domaine de la pratique de la foi, personne ne m'a rien appris. Ma mère, qui était sa fille, faisait barrage pour des raisons que j'ignore encore, et elle le faisait de façon si discrète que je ne savais pas que s'élevait ici un barrage. Elle n'était ni croyante ni athée, pas même agnostique, simplement retenue, elle ne parlait jamais de ce sujet-là alors qu'elle était issue d'une famille où cela que l'on ne nommait pas avait une grande importance, et dans le silence je sentais cela peser, j'en ressentais l'effet sans savoir de quoi il s'agissait. La foi était un poids qui ne disait rien.

Quelque chose que l'on ne précisait pas pesait au milieu de nous, et avait sur ma famille d'étranges propriétés de déformation, comme cet objet galactique invisible, si dense qu'il ne laisse échapper de lui aucune lumière qui permette de le voir, mais dont la présence fait tourner d'une façon inexplicable toutes les étoiles qui l'entourent. On appelle cet objet un trou noir, il finit par aspirer la portion de galaxie où il se trouve, qui disparaît, et l'on n'en sait plus rien.

Ma mère maintenait ça loin d'elle, elle craignait cette masse obscure qui pesait sur sa vie, avait pesé d'une façon dont je ne savais rien ; elle était tout imprégnée de ce poids, mais sans vouloir s'en approcher, et non plus s'en éloigner, ni même en parler. Ce fut pour le moins une situation étrange que celle-ci : je ne savais rien de la foi tout en étant immergé dans quelque chose de froid et profond, un peu effrayant, tout proche, que je n'identifiais pas très bien, dans lequel je ne pouvais pas plonger, dont je ne pouvais pas m'éloigner non plus, quelque chose de silencieux dont on ne parlait pas, ou jamais directement, uniquement à travers des préceptes de bonne tenue, des interdits moraux, et je mis des années à en retrouver le nom, je compris peu à peu ce que c'était, sans savoir vraiment si c'était cela que j'avais perçu alors que j'étais enfant.

Quand mon grand-père fut à l'hiver de sa vie, et moi à cet été finissant, en cet automne de la mienne, en un septembre encore ensoleillé où il faut se dépêcher de ramasser les fruits avant qu'ils ne tombent et ne se perdent, j'eus l'idée – j'eus enfin l'idée – de lui demander quelle était la nature de cette gueuse de fonte qui avait pesé sur nous, quelle était la nature de sa foi, quelle était la nature de ce en quoi il croyait.

Ses cheveux n'étaient plus qu'un fin brouillard blanc autour de son crâne, ses joues étaient creusées, ses pommettes saillantes ; mais quand il parlait ses yeux brillaient d'une flamme de gaz, d'un bleu vif et clair, et l'enthousiasme ne lui permettait plus de s'arrêter – enthousiasme, c'était bien le mot –, il me parlait avec précision et profondeur, et sans fin.

La foi ? C'est une façon directe de comprendre, cela va droit au sens profond des choses, c'est la révélation des fins dernières de l'Univers. Ce n'est pas contradictoire avec la science, c'est mieux, c'est plus grand : ça va plus vite. Tout est dit dans la Bible, et la science lentement le redécouvre.

Car j'ai lu ton article, me dit-il. Et je ne suis pas d'accord. J'avais en effet publié un texte que je lui avais envoyé, où j'affirmais entre autres que science et foi n'avaient rien à se dire, tant elles vivent en des espaces différents, qu'entre elles aucun dialogue n'était possible, non par hostilité mais faute de langue et d'objet communs. Pas d'accord du tout, répéta-t-il avec ce fin sourire, le sourire entendu de celui qui sait, et qui va le révéler à celui qui l'ignore encore. La foi est un raccourci, me dit-il, et la science court derrière, mais elles vont au même endroit. La foi mène au savoir définitif, d'un coup, à la certitude immédiate et absolue, alors que la science lentement bricole à assembler des petits morceaux pour atteindre au même but, qu'elle mettra des siècles à atteindre, plusieurs vies, alors que la foi permet à chacun d'y parvenir dans l'espace d'une vie, à la fin, au moment suprême du passage, au prix d'un travail intérieur patiemment poursuivi.

Et ce travail intérieur, me dit-il, il le faisait chaque jour, il l'accomplissait quotidiennement en son hiver, priant et méditant, préparant l'éternité, s'en approchant et ne l'atteignant pas, pas encore, mais il y était presque, il n'en avait jamais été si proche, craignant chaque jour un faux pas, une erreur, un relâchement, et qu'elle lui échappe.

Il avait poursuivi cette quête toute sa vie, s'imposant une rigueur que rien ne différenciait de la rigidité, guettant dans chaque mot et chaque comportement, chez lui et son entourage, la déviation qui éloignerait du but. Et des déviations, il en était de nombreuses, elles avaient pour nom tentations, et il fallait les identifier et les éviter ; elles avaient pour nom erreurs, et il fallait les comprendre et les réparer ; elles avaient pour nom déliquescences, et il fallait sans cesse se raffermir. Le risque était permanent de s'éloigner du droit chemin, mais il s'agit d'un Dieu bon, qui peut tout, et, continuait-il, même au dernier moment, le tout dernier, juste au point de mourir, il suffit de dire « Je crois » pour être sauvé, et que s'ouvre la vie éternelle, qui reste invisible à celui qui justement ne croit pas.

Ce détail me laissait perplexe : censé rassurer l'inquiet sur la possibilité malgré tout du salut, il m'effrayait plutôt, me faisant penser à ce jeu de pierre-feuille-ciseau où il faut en même temps que l'adversaire montrer un signe, et on gagnera ou on perdra en fonction du signe de l'autre, c'est affaire de coïncidence, et les coïncidences ne sont jamais certaines. Ainsi, dire « Je crois » au moment fatal pour que s'ouvre enfin la vie éternelle ne me semblait pas très sûr, comme à la pétanque jouer son va-tout et tirer avec sa dernière boule, comme plonger dans la piscine les yeux fermés sans savoir s'il y a de l'eau. S'il s'agit de se lancer dans l'inconnu d'un pari, autant que ce soit de mon vivant plutôt qu'en dernière extrémité.

J'ai eu la foi depuis toujours, me dit-il encore, je n'ai jamais eu de trou. J'ai pensé qu'il voulait dire *doute*, alors je ne lui demandais pas de précision. Et puis, continua-t-il, j'ai essayé de savoir : j'ai décidé à un moment de ne plus croire, et j'ai senti un trou effrayant. Je me suis empressé de croire à nouveau.

Je n'étais pas sûr de comprendre comment on peut ainsi perdre et retrouver foi à volonté, mais maintenant j'étais sûr qu'il ne voulait pas dire *doute* mais bien *trou* : quelque chose de si béant, de si vide, de si effrayant que sa simple contemplation avait fait trembler toute sa vision du monde, avait remis en cause la place même qu'il y occupait, et du coup avait renforcé sa foi, foi conçue comme garde-fou. Mais là je le compris bien, car j'ai eu aussi peur du vide, et je sais que la peur du vide est une peur très spéciale, qui emporte tout l'être, sans qu'on puisse rien y faire car elle modifie l'équilibre intime, et par là empêche de se raisonner.

Quand j'étais enfant, le vertige faisait partie de ma vie, m'empêchant d'aller sur le balcon situé seulement au quatrième étage, m'obligeant à repérer les fenêtres d'une pièce où j'entrais pour ne pas m'en approcher par distraction, me forçant en certaines rues à ne pas lever la tête en bloquant bien ma nuque, car je passais au pied de bâtiments trop grands dont la contemplation par-dessous me ferait vaciller, et peut-être tomber.

Mais le pire vertige que j'aie jamais ressenti, ce fut à l'intérieur du Marine Denkmal de Kiel, le mémorial de la marine qui s'élève comme une tour au-dessus de la côte plate de la Baltique, monument très funèbre et très beau que j'ai visité à l'occasion d'un voyage scolaire. Le bâtiment est étrange, très pur, en forme de proue de drakkar mais sans le dragon, tour de béton gainée de briques qui culmine à quatre-vingts mètres du sol. L'intérieur est un tube creux, d'une traite, occupé simplement d'un escalier qui monte en zigzag le long d'une paroi. Sur l'autre paroi, en face, pendait un drapeau militaire allemand à croix noire, à raies rouges sur fond blanc, accroché en haut et qui tombait jusqu'en bas. J'entrai là, et je fus dans le vertige à l'état pur. Levant la tête et voyant le plafond aussi loin qu'un ciel, je vacillai. Et il fallait monter pour suivre la classe, monter le long du vide, volée de marches après volée de marches, et à chaque pas j'étais un peu plus haut, mon ventre se contractait un peu plus, et tout mon corps voulait se jeter dans le trou, car le vertige est cette terrible complaisance au vide. Alors je bavardais, je bavardais sans fin, je m'exclamais, je redoublais toute sensation de son commentaire, j'émettais comme une radio commerciale des rafales de plaisanteries, j'occupais mon esprit d'un flot continu de bavardage, et mon corps vacillait à chaque pas, le gouffre se creusait derrière le garde-corps en béton trop bas, le drapeau à lignes rouges plongeait d'un coup vers le fond, et moi avec. Je m'accrochais à mes paroles comme à un harnais, une bouée, un masque qui m'empêcherait de voir, mais mon corps le sentait bien, ce vide.

Je parlais sans cesse pour être ailleurs, et même ailleurs d'ailleurs, pour être nulle part ; je m'enveloppais d'un poncho de verbe imperméable, j'en baissais la capuche sur mes yeux, mes oreilles, mon nez, je la serrais fort pour ne pas voir, ne rien sentir, ne pas être, tant ce trou qui se creusait marche après marche derrière le garde-corps trop bas me terrifiait.

Arrivé en haut, ce fut un soulagement, dehors était comme une photo aérienne, un paysage abstrait, et le vertige n'eut plus d'enjeu, je n'y étais plus, il se calma. Mais quand il fallut redescendre, l'intérieur de la tour faisait comme un tube rétréci à son extrémité, terrible perspective, comme un viseur qui pointait le fond, tout était installé pour que je me lance et que je m'y écrase. Je ne sais pas comment je suis arrivé au bout. En descendant l'escalier marche après marche, sûrement. En bavardant encore, en m'entourant de rideaux confus de verbe, en m'aveuglant volontairement par un permanent vacarme intérieur. Je n'ai jamais eu si peur de ma vie, physiquement peur, et ce pour un simple bâtiment vide. Mais il avait été élevé à la mémoire des marins morts, ceux perdus dans l'eau glaciale de l'Atlantique, morts dans le tube cassé de leur sous-marin posé pour toujours sur le fond, et c'était réussi, on ne pensait qu'à ça, à cet abandon fatal, à cette fin dans le silence et le froid, cela s'imposait par la seule vertu de l'architecture. Et par ma prédisposition au vertige.

Rien dans ma vie ne me fit si peur que ce simple trou, ce vide, et ce silence, et ce drapeau rouge vif qui se jetait d'une seule traite jusqu'en bas, esquissant comme le tracé d'une chute, et mon sang en moi voulait le suivre. Ensuite, on descendait dans une crypte, par un couloir en pente douce dont les murs blancs étaient ornés de couronnes mortuaires, et dans la crypte éclairée d'une verrière zénithale, où passait avec peine le pauvre soleil de la Baltique, était le Denkmal, l'hommage aux morts du fond des eaux. Je sortis de là lessivé, j'en tremblais, l'esprit et l'âme pantelants, comme le corps l'est après une longue course, quand il est cotonneux et vidé, se contentant de respirer, déjà bien content de le pouvoir encore.

Il n'y avait là rien de bien terrible, juste un escalier au bord de rien, mais le vertige est un sentiment intérieur qui prend toute la place, le vertige le ressent quand on est toujours vrai, car c'est un vacillement de soi dont on ne peut pas se prémunir ; étrangement, ceci, je le recherchais.

Je comprends bien la terreur sacrée que procurent les trous, je comprends bien, pour l'avoir vécu en petit, le lien étroit entre le vide, le corps, et le verbe

À quatre-vingt-quinze ans, mon grand-père cherchait sans relâche. Quoi ? La vie éternelle. La lumière permanente. Le souffle qui ne s'éteint pas. Il priait et célébrait chaque jour, il priait même pour ceux qui ne croient pas, me dit-il avec un fin sourire qui devait faire office de clin d'œil, ce ne sera pas perdu pour eux. Mais il s'inquiétait quand même que sa foi tendue comme un arc depuis si longtemps ne lui permette pas d'atteindre ce qu'elle semblait lui promettre, qu'il n'avait toujours pas atteint, qu'il ne pouvait véritablement atteindre, mais qu'il espérait ; alors il redoublait d'efforts, et dès qu'il avait achevé les tâches matérielles que l'arthrose rendait de plus en plus lentes et mal assurées, il passait les longues journées de l'hiver de sa vie en méditations.

Dieu ? me répondit-il. Une vibration, une lumière, un souffle. Que personne ne peut voir, sauf le Fils. Et ceux à qui Il veut bien se montrer, sous forme de bruit, de parfum, de nuage ou d'éclair. Comme Il veut. La vie éternelle le rendra enfin perceptible et permettra de le contempler toujours, mais elle n'est ouverte qu'à ceux qui croient. Ceux qui ne croient pas ne le verront pas, et n'en verront même pas les signes en ce monde, que seuls ceux qui croient apprennent à voir. Mais ceux qui ne croient pas, il leur suffit au moment de leur mort de demander pardon, et ils seront sauvés eux aussi. Penses-y.

Il me rappela un autre article que j'avais écrit, qui s'intitulait « La vie se renouvelle », et dont le contenu ne disait pas plus que son titre, mais c'est déjà beaucoup si on l'entend en général. Et toujours avec ce fin sourire entendu de celui qui sait, il me fit remarquer que si en effet la vie se renouvelle, j'avais omis de préciser qu'à la fin, dans un dernier cycle, comme par échappement, elle cesse de se renouveler, et devient éternelle, et elle ne s'éteint alors plus jamais.

Il me parlait d'une lumière qui ne s'éteint plus au moment où les yeux se ferment, et dont il préparait la venue, depuis toujours, toute sa vie, et maintenant il ne faisait plus que ça, s'inquiétant de fermer les yeux, jugeant qu'il n'était pas assez prêt pour les fermer, qu'il fallait encore étudier, méditer avant de se lancer, avec cette appréhension que l'on a au jeu de pierre-feuille-ciseau juste avant de montrer son choix, espérant qu'il soit le choix qu'il faut, face au choix de l'Autre, que l'on ne connaît pas. On peut longuement étudier et méditer pour tenter de le connaître, et dès que l'on est sûr, dès que l'on sait, se lancer. Mais il n'était pas encore prêt. Il travaillait encore.

La vie éternelle, celle située après la mort, qui vient si vite…, me disais-je en rentrant chez moi, en cette fin d'après-midi où pour la première fois j'avais osé demander à mon grand-père quelle était cette chose obscure et lourde qui avait pesé sur nous depuis si longtemps. Mais en marchant dans cette rue froide, dans ce jour qui tombait pour laisser place à la nuit, j'étais animé d'une grande colère. Qu'est-ce que je m'en fous de la mort ! me disais-je. Tant que j'y pense, je n'y suis pas, et quand j'y serai, je n'y pourrai plus penser. Alors ? La vie éternelle, si elle vient après, ne me concerne pas. Ce serait donc ça qui donnerait joie ? Ce serait ça qui me rendrait vivant ? Une forme de crédit spirituel, une promesse d'après, l'arrivée à l'extrémité de ce monde morne pour entrer dans quelque chose d'autre, qui n'y est pas ? Mais ce monde n'est pas si morne : il est vivant.

J'étais étrangement en colère contre la mort, étrangement, car en colère contre quoi on ne peut rien, contre ce qui n'existe pas car elle n'est qu'absence, en colère contre la mort qui allait bientôt me prendre ce vieil homme à qui je tenais beaucoup, lui qui me perchait sur ses genoux alors que j'étais enfant et me racontait les histoires qu'il inventait, et qui était le seul de mes proches avec qui maintenant je pouvais encore parler de ça ; et en colère contre l'idée que la mort soit la seule porte de la vie éternelle, ce qui est une magnifique inversion dont je reconnais la beauté et le pouvoir de consolation, mais elle ne me concernait pas, cette consolation, elle ne faisait qu'éloigner à l'extrémité de ma vie ce que je désirais à tout instant. M'en fout, la mort, elle n'existe pas ! M'en fout, du Dieu des morts, j'aime le Dieu des vivants, celui-là seul que l'on peut sentir au cœur de notre vie, si courte, et si intense.

N'est-ce pas la colère qui m'aveugle ? N'est-ce pas un déni de la mort de n'en vouloir rien savoir ? Et cette colère, n'est-ce pas trépigner, comme un enfant à qui on impose des limites ? Peut-être avoue-je ici une incapacité à penser au-delà de l'instant de ma mort, mon incapacité à penser en deçà du moment de ma naissance, en-deçà encore du moment de mon apparition dans le petit océan amniotique de ma mère. Avant, après, et ailleurs ne sont pas de mon ressort ; je ne peux penser que dans le cadre de cette vie qui est la mienne. Et tout ce qui la dépasse, Dieu, Lumière, Souffle, Vie éternelle, tout doit tenir dans les limites de cette vie-là, qui est la seule que j'aie. N'est-elle pas un peu petite pour accueillir tout ceci ?

Comment imaginer que ceci dont je parle, ceci qui excède tout ce que l'on connaît, tienne dans ma toute petite vie ? Mais si ceci n'y tenait pas, ceci ne me concernerait pas, et ce ne seraient que des idées générales, consolantes mais inaccessibles. Donc ceci doit tenir, et je dois me livrer à une opération de géométrie paradoxale pour que l'immense tienne dans les petites limites de mon humble existence. Mais humble, c'est ce qu'est le sol, qui a de merveilleuses propriétés germinatives. Mon existence est un peu de terre, et un arbre peut s'y enraciner, et croître. Il n'est rien de mystérieux à ce qu'un arbre de très grande taille pousse dans un peu de terre, et la terre n'en devient pas aérienne pour autant, pas arrogante pour autant de porter un si grand arbre, elle garde sa fertile humilité, elle a accueilli la graine mais c'est l'arbre qui pousse, pas elle Ainsi ma vie, où Dieu s'enracine.

La vie après la mort, quant à elle, me paraît hors d'atteinte, on verra bien au moment d'y être. Ce qui est là, et d'une façon très intense, c'est la vie avant la mort, celle où je suis, celle où nous sommes ensemble, celle qui me porte et m'imprègne et m'anime. Cette vie-là a valeur d'éternité, par elle nous expérimentons que nous sommes éternels, car nous sommes vivants par quelque chose qui ne meurt pas, quelque chose qui est là et qui reste, et qui ne dépend pas de nous et que nous ne faisons qu'abriter.

J'espère en la vie éternelle, mais je veux donner un autre sens à ces termes : j'aspire à la vie éternelle mais espère ne pas devoir être mort pour l'atteindre. Aurais-je mal lu les préceptes ? Nierais-je les fondements de la foi tels qu'on les enseigne depuis des siècles ? Que suis-je donc en train d'essayer de faire avec ce livre ?

Je ne nie rien, ne déforme rien, je construis une représentation de ce que je sens, car celles que l'on me donne ne me suffisent pas. J'en change, mais je ne change que la représentation, car ce que j'aspire à sentir est foncièrement irreprésentable, et les façons de dire que l'on emploie habituellement ne me permettent pas de comprendre ce que je sens. Je ne change rien au fond des choses, je change la façon de le dire, car la façon de dire n'est qu'humaine et peut varier sans que change ce dont on parle.

Il faudrait attendre d'être mort, me disais-je, et enfin ce serait là ? Et cela durerait alors longtemps, très longtemps, cela durerait l'éternité ? Comme c'est long, et loin, et hors d'atteinte. Malgré sa catastrophe permanente, ce monde est bien plus empreint de joie que ne le laisse croire cette espérance d'un autre monde : la vie éternelle est déjà là. La vie éternelle est dans la vie présente, superposée à la vie que l'on sait, parce que l'éternité ce n'est pas du temps qui dure : c'est l'absence de temps, sa suspension, la disparition de l'idée même du temps ; par définition, l'éternité ne dure pas, l'éternité est la source sans forme d'où jaillit en permanence le temps que l'on connaît.

La vie éternelle, au sens naïf qu'on lui donne, est une contradiction dans les termes, tant la vie est par essence liée au temps, au temps interne dans lequel elle se déploie, à sa durée : la vie s'épanouit, évolue, se dégrade et cesse, on le sait. Alors la vie éternelle, ce serait quoi ? La vie qui dure longtemps ? Mais longtemps ce n'est pas l'éternité, longtemps c'est encore du temps. La vie éternelle, c'est la vie condensée en son point d'apparition, vitalité pure qui entretient la vie, qui est à la fois abolissement brusque du temps et sa source vive. Ceci a lieu en des instants de taille indifférente, dans l'immensité de ce qu'on appelle naïvement éternité, tout autant que dans ces instants infimes où la vie se montre brusquement disponible pour donner vie sans jamais s'épuiser. Ceci arrive ici ou là, comme autant d'éclairs, comme un contact, une note qui résonne, un trait de lumière. En apprivoisant la peur du vide, ceci on peut le sentir souvent, et de plus en plus souvent ; et notre vie en est apaisée. Elle ne galope plus vers sa fin, elle est là, et cela suffit pour toujours, sa durée est indifférente, elle étend ses racines vers un fond fertile toujours présent, qui se manifeste toujours pour peu qu'on l'écoute.

Pourquoi chercher après la mort, dans un ailleurs et un après, quelque chose que l'on n'y trouvera pas, et qui est déjà là ? Ce n'est sûrement pas là où on le cherche, car là-bas il n'y a rien, et surtout pas nous, nous n'y serons plus. Pourquoi chercher où l'on ne trouvera pas, alors qu'ici est quelque chose de même nature que ce que l'on cherche en vain, et c'est justement cette présence déjà-là qui nous fait la rechercher, qui nous en donne le désir et le goût.

La lumière n'est pas éteinte, elle est là ; le souffle ne s'interrompt pas, il continue ; le désir est toujours là, à chaque battement du cœur. Pourquoi chercher en gémissant quelque chose qui échappe, pourquoi espérer quelque chose qui viendra, alors qu'il suffit d'être à l'écoute ? Tout est déjà là.

La foi est un organe supplémentaire, non pas pour découvrir le sens secret de toutes choses, mais pour en percevoir la vitalité. L'acte de croire est une confiance, un état de disponibilité, une sensibilité extrême de tous les sens, et du sens des sens, celui qui sent l'ensemble des sens, et que l'on pourrait appeler sens de la présence.

La foi, dans sa confiance, est une sensibilité. Ce qu'elle perçoit ? C'est difficile à dire, car on doit utiliser des termes qui ne conviennent pas, mais dans la langue que l'on parle il n'est qu'eux de disponibles. Je veux en la décrivant construire une foi qui ne soit pas lourde ni obscure, mais forme de joie ; qui ne soit pas répétition des textes, application des règles, mais floraison d'images autour d'une source insaisissable, car Dieu qui se dit en mots n'est pas Dieu, tous les mots qui existent sont de trop petite taille pour le dire, bien trop fermés et limités, uniquement faits de la faible nature des mots. C'est une tâche impossible, qui a toujours été impossible, mais je veux bien encore essayer, pour quasiment échouer, comme tous ceux qui avant moi ont essayé, et ont quasiment échoué. Mais au passage ils comprirent un peu mieux. Voilà ce que je souhaite : au passage comprendre un peu mieux ; et ici comprendre signifie que cela fasse partie de moi.

Je veux aimer ce monde-ci plutôt que d'attendre sa fin, aspirer à la vie ici même plutôt que d'attendre qu'elle s'éteigne et peut-être se rallume. Je continue de croire que la mort n'est rien, non parce qu'elle est un passage, mais parce qu'elle est déjà vaincue avant même qu'elle n'arrive, car cette fois-ci les préceptes sont clairs, et l'amour est aussi fort que la mort. Il n'est pas nécessaire d'attendre la mort pour entrevoir cet autre monde de lumière permanente : il est déjà là, et la lumière ne s'éteint pas.

Il n'est presque rien à penser, peu à savoir, les fins dernières ne m'importent pas car tout est là, il est inutile de se hausser du col pour espérer voir plus loin, un peu plus loin, encore un peu plus, pour deviner ce qu'il y aurait au bout. Il n'est pas de bout, pas de but, pas de fin, il suffit de regarder autour de soi et tout est là, donné, et c'est le sol même où l'on marche. Il suffit de marcher.

Je ne supporte pas de regarder loin car je suis sujet au vertige. Heureusement, le proche contient tout. Les vastes perspectives que l'on bâtit pour chercher à comprendre me semblent ne servir de rien, sinon à nous figer de terreur, à nous mener exactement à ce que nous fuyons, comme les bâtiments trop hauts qui ne servent qu'à construire des gouffres, où l'on manque de défaillir dès que l'on s'y penche.

Le savoir, qui est chose utile en de multiples domaines, qui nourrit la curiosité, fait voler des avions, permet de raconter des histoires, parfois assommantes, parfois amusantes, ne sert de presque rien dans le domaine précis que j'essaye de définir. On ne croit pas parce que l'on sait, car il n'y a pas grand-chose à savoir. C'est très inquiétant pour un esprit méthodique. Ceci dont on parle n'est pas flou et vague pour autant, c'est même précis et intense, simplement le savoir n'y mène pas, l'érudition n'en rapproche pas. Il n'y a là pas de faits à connaître, ni de règles à suivre, ni de lois à trouver : la foi dans sa simplicité permet simplement de sentir la vie en son moment d'apparition, dans toute son intensité.

Savoir

Dans une nouvelle de Borges (car il est une nouvelle de Borges pour chaque situation de la vie), on comprend cette étrange inutilité du savoir. Un enquêteur élucide une série de crimes commis dans une grande ville dont on ne précise pas le nom. Les lieux des crimes formant une figure sur le plan de la ville, une figure régulière mais incomplète, il déduit que le crime suivant se produira là, à l'endroit qui complétera la figure, à une date suggérée par la date des crimes précédents. Il se rend au lieu, le jour dit, et c'est un piège que le criminel lui a tendu : il l'attendait, et il le tue. Savoir lui permet de déterminer le lieu de sa mort ; il y va, et voilà : il meurt. Le savoir a une certaine efficience, mais elle ne sert de rien.

Plutôt qu'un savoir construit je cherche une pensée fluide, car les fondations solides m'entravent, les murs m'inquiètent, les constructions dès qu'elles culminent trop haut me terrifient, je préfère être nu si j'ai les pieds au sol ; et plutôt qu'une belle tour de sens où je serais tout seul dans le noir, bien trop haut pour moi qui souffre de vertige, j'ai besoin pour rester perpétuellement vivant d'interroger la multiplicité des sens. Les sens de mon corps sont des outils à ma portée.

Goûter

Le goût est un sens pauvre. Parmi tous les sens, il est celui qui manque le plus de nuances et de subtilités. Pour s'en convaincre il suffit de manger en étant bien enrhumé : nez bouché, fosses nasales impraticables, notre pauvre langue qui est le siège du goût ne fait pas la différence entre plats de cantine et beautés gastronomiques. Ce que l'on appelle le goût des aliments n'apparaît pas avec seulement la langue, il y faut le nez. La langue seule n'assure que de grandes tendances : salé, sucré, amer, acide, plus un cinquième qui n'a pas de nom en français, et que seuls les Asiatiques nomment – et ce petit silence au plus profond de nous est tout de même étrange.

On peut se demander à quoi sert un sens aussi fruste, aussi peu défini, aussi archaïque, on peut se demander pourquoi l'Évolution qui le fit apparaître dès la bactérie l'a conservé presque en l'état, toujours aussi simplet. Il sert, par sa simplicité même : il nous dirige, et sans lui nous ne saurions où aller, nous irions en aveugle et au hasard vers la faim, la maladie ou la mort. Le goût est une boussole sertie dans notre langue : il sert à dire oui ou non, à attirer ou repousser, à nous orienter d'une façon très sûre avant même de savoir. Le sucre c'est bon, cela nourrit : on aime ; l'amer ce n'est pas bon, cela sent l'alcaloïde, cela empoisonne : on n'aime pas. Pour les autres on ne sait pas trop, les recherches sont en cours, alors on extrapole, mais il y a sûrement une raison. Sans le goût nous ne saurions de quoi nous nourrir, nous ne saurions quoi recracher, nous ne saurions comment nous diriger dans ce monde, mais heureusement ce monde nous affecte. Le goût est la façon la plus fruste et la plus directe, inscrite dans notre corps, d'exprimer l'attirance vitale.

J'ai le goût de Dieu, et je ne sais pas d'où il me vient. Mais interroge-t-on les goûts ? Des goûts on ne discute pas, on le sait bien, car ce sens est justement celui qui provoque les attirances irréfléchies et les fuites immédiates, il divise le monde entre ce qu'on veut et ce qu'on ne veut pas, sans perdre de temps à en peser le pour et le contre, sans même perdre de temps à savoir pourquoi. C'est comme ça : le goût est comme il est et il n'évolue pas vraiment. On peut seulement le sentir plus ou moins intensément, on peut rejeter les sucreries, ou accepter les endives, le goût se contente de mettre celui qui l'éprouve en mouvement, et parfois fait changer de direction sans plus de fioritures. Cela n'a rien de commun avec les autres sens si subtils, avec lesquels on peut broder de délicates sensations, faire de l'art, composer, se construire une culture. L'art du goût est un abus de langage, ce n'est pas à lui et à sa physiologie trop simple que fait appel la gastronomie. Mais ce goût que l'on a, on le sait, il est sans raison et il nous dirige.

J'ai le goût de Dieu mais on ne m'apprit pas grand-chose dans ce domaine, qui pourtant pesait sur nous tous sans que nous puissions rien en dire. Ma mère – quelle étrange personne quand j'y pense ! Muette à elle-même, pleine de secrets qui affleuraient sans que je n'y comprenne rien – entreprit d'y faire mon éducation, sans que je voie aucun prêtre, ni aucun catéchiste que ce soit. Elle entreprit de me lire la Bible, carrément, en commençant par le début, en ouvrant le gros livre à la page de la Genèse. Je me souviens du moment, dans la cuisine inondée de lumière de notre barre HLM, moi assis sur un tabouret, elle assise sur un autre tabouret ; elle était une jolie femme souriante, j'étais un gentil garçon attentif, et avec de grands yeux bleus et doux je regardais le monde d'en bas, en silence, attendant qu'il me parle. Elle ouvrit le gros volume brun de la *Bible de Jérusalem* qu'elle possédait, et commença de lire.

Tant que l'esprit allait sur les eaux, cela allait ; quand il se mit à construire, la lumière, la terre, les océans et tout le toutim, c'était un peu long, assez technique au fond, mais j'imaginais bien. Il y eut ensuite Adam, Ève, la nomination des animaux, la faute d'avoir mangé la pomme, et puis Abel et Caïn, et la fuite de l'assassin jusqu'au caveau fermé, où même là il n'est pas de recours. Sur mon petit tabouret je regardais lire ma mère qui mettait en scène tout cela comme un conte, souriante, plissant les yeux, mettant le ton, faisant des voix. Assis sagement, j'adorais cette histoire. En général, j'adorais les histoires. Ma mère m'en lisait le soir avant de me coucher, j'adorais qu'elle m'en lise, cela ne m'endormait pas du tout, j'attendais chaque soir un nouveau chapitre et en demandais toujours un de plus, parfois avec succès, parfois non. Elle buta sur la liste des patriarches, tous âgés de plusieurs siècles. Elle hésita, se tut, lut pour elle-même en silence d'un œil perplexe, trouva que c'était vraiment assommant. Elle referma le gros volume. Assis sur mon petit tabouret, accoudé à la table en bois – meubles que je possède toujours mais qui sont maintenant beaucoup plus petits –, je l'écoutais encore, même si elle ne lisait plus.

Nous n'allâmes jamais plus loin. Sa carrière de catéchiste s'arrêta là, et aussi la mienne de catéchumène, et toute ma formation biblique se résume à cette unique scène. Nous n'en parlâmes plus jamais, elle se contenta de me fournir en Évangiles illustrés racontés aux enfants, qu'elle me laissait lire par moi-même. C'est bien aussi, de lire soi-même; cela tombait bien, j'aimais ça, j'y passais mes jours, mes soirs, mes nuits, et j'en fis plus tard mon métier.

Mais quand maintenant j'ouvre ce volume brun de la *Bible de Jérusalem* que j'ai conservé, et que je vois où est placée cette liste des patriarches, je trouve que finalement on en a lu pas mal en une seule fois. Ou alors on s'y est repris à deux fois, ou alors elle a sauté des passages. Les souvenirs sont toujours pleins d'erreurs dans leurs détails, mais toujours psychiquement exacts. Ce qui eut lieu, dans cette lumière si vive des années 60 que prenaient si bien les immeubles à grandes vitres de ce temps-là, cette lumière que prenait si bien ma mère telle que je la voyais enfant, cette lumière que captaient si bien mes yeux, grands yeux clairs et fragiles, vite éblouis, ce qui eut lieu là, eh bien cela eut vraiment lieu, et me marqua ; mais je ne sais pas exactement quoi eut lieu. Il est possible que les petits garçons soient assez poreux à leur mère.

Bien plus tard, au moins trente ans plus tard, elle vieille dame et moi père de famille, ma mère m'offrit pour mon anniversaire un livre de cuisine, parce que j'aimais les livres, et aussi la cuisine. C'était un beau livre épais qui parlait de la cuisine que l'on fait dans les monastères, et s'illustrait de photos soignées où alternaient moines en robe, cuisines voûtées de pierre brute, et plats simples servis sur des tables en bois ; il s'appelait clairement *La Cuisine des monastères.* Il me semble qu'entre le moment où elle me lut la Genèse dans la cuisine et ce moment où elle m'offrit ce livre pour mon anniversaire, nous ne parlâmes jamais de ce sujet-là. Et pourtant elle savait. Mais savait quoi ? Que je m'intéressais à ceci dont je ne lui parlais jamais ? Qu'elle savait que je m'intéressais à ceci, qui lui pesait, et dont elle ne parlait pas ? De cette chose obscure et lourde, avec elle il n'en était jamais question, sauf au détour de réflexions brèves et acerbes qu'elle ne développait pas, se contentant de détourner brusquement le regard, de lever les yeux au ciel, de pincer les lèvres, ce qui pour elle voulait tout dire, c'est-à-dire rien ; ceci, elle le maintenait à distance mais y était plongée, elle le réprouvait mais ne pouvait s'en éloigner.

Elle avait le goût de Dieu, elle en avait aussi le dégoût, comme d'un aliment très doux que l'on a goûté sans crainte, qu'on a posé sur notre langue mais qui nous a brutalisés, parce qu'il était périmé, ou tourné, ou piégé de poivre, de vinaigre, de liqueur d'amertume ; et c'est une des propriétés du goût que de réagir très vite à l'expérience : ce qui nous rend malades une seule fois, ou bien ce que nous mangions le jour où nous sommes tombés malades, même si la cause en est tout autre, nous dégoûtera pour toujours. C'est ce qui sauve la vie des rats quand ils délaissent les poisons qu'on leur donne, c'est ce qui construit nos habitudes alimentaires, c'est ce qui nous permet de savoir, avec un goût très sûr, quoi manger. Cette propriété d'être sans indulgence est le fondement même de l'utilité de ce sens : on ne se fait pas avoir deux fois, alors on survit.

Mais cela fonctionne aussi à l'inverse : ce qui a fait du bien, même une seule fois, on le recherche ensuite ; et là aussi, on survit, avec le bonheur de savoir ce qu'il nous faut, et d'avoir le sentiment physique, enraciné en notre corps, de se diriger tout naturellement vers le mieux. Le goût, ce sens simple qui n'a aucun sens de la décoration, se contente d'indiquer le chemin vers le plus vivant.

Mais il était tout de même étrange, ce cadeau que rien ne préparait : se pouvait-il qu'elle se souvienne, elle aussi, de cette scène qui avait eu lieu trente ans auparavant, une seule fois ? Se pouvait-il qu'elle puisse penser que ce qui avait eu lieu, à peine, une fois ait pu suivre son cours quarante ans durant à l'abri du regard de tous ? Il peut paraître étrange que rien n'ait été dit pendant des dizaines d'années sur un fait essentiel, mais il ne faut jamais sous-estimer les capacités de silence, ou d'ignorance, la puissance du déni : elles sont une forme de l'infini, elles constituent autant notre vie que le souvenir.

Cela se voyait-il vraiment que j'avais ce goût ? Étais-je le seul à ignorer que ce qui me paraissait si discret apparaissait à tous ? Ou bien les mères rêvent-elles sans le dire de l'avenir de leur fils ? Et ces rêves, alors, adviennent.

Peut-être par le biais de ces livres, par cette lecture qu'elle me fit, puis par ce cadeau trente ans après, m'avait-elle demandé de la sauver de ce poids muet qui pesait sur elle ; et les petits garçons peuvent avoir, juste avant de s'endormir dans leur petit lit, la rêverie de sauver leur mère.

Alors cela, je veux bien le faire, soulever ce poids qui pèse en essayant de le nommer. Je veux bien essayer. Même si, hélas, elle ne peut plus l'entendre, cela ne m'empêche pas de le faire ; il est des tâches transmises au fil du temps qu'il faut bien accomplir, quel qu'en soit le moment, et qu'il suffit d'accomplir, même si c'est à contretemps. Je veux bien le faire, non pas prendre le poids et le porter à mon tour pour qu'il m'écrase, mais dissoudre ce qui pèse en cherchant ce que c'est, en en faisant le récit d'une autre façon, de façon à ce que cela ne pèse plus, mais que cela allège.

Ce livre inattendu sur les bras, je me mis à le feuilleter sous le regard étrange de ma mère, regard revenu du passé, d'une cuisine illuminée où se feuilletait un autre livre, regard transtemporel où je crus discerner une demande, mais floue, mais muette ; et je me sentis une responsabilité – les fils se sentent toujours des responsabilités face à leur mère qui les regardent en silence – que je crus d'abord être celle de réaliser les plats que ces pages décrivaient, mais que je vois maintenant plus large encore : responsabilité de mettre au jour et de mettre en verbe ce qui pesait sur nous tous, et de retrouver en la décrivant une foi qui ne serait pas lourde et muette, une foi qui ne serait pas soumission à des règles que l'on feint de croire issues de Dieu mais qui viennent de l'ordre social ou de la panique sexuelle, une foi qui ne serait pas réduction de la vie au profit d'on ne sait quelle vie future, mais élargissement et célébration de celle-ci jusqu'à y trouver la voie de l'éternité, une foi qui ne soit pas énonciation mesquine de normes, mais annonciation ; ça, je veux bien le faire.

Bien sûr que l'on peut vivre sans foi, cela est même assez facile dans la France laïque et décatholicisée, où le domaine spirituel n'est plus qu'une affaire privée, et l'on peut traverser toute une vie en ne voyant dans les églises que des exemples d'architecture à visiter, dans la Bible un livre trop gros pour qu'on le lise d'une traite comme on lit les romans, et dans les fêtes du calendrier chrétien des jours fériés, et par là chômés, et par là occupés par des projets de barbecues. On peut. Alors, que fais-je, en écrivant ceci ?

« Tu es croyant ?

– Je ne sais pas.

– Ce n'est pas une réponse : un croyant le sait, c'est justement ça qu'il sait : qu'il est croyant. Tu ne l'es donc pas.

– Ça dépend de ce qu'on entend par *croire* . le mot serait à définir avant de pouvoir répondre par oui ou par non.

– Crois-tu que Dieu existe ?

– Tout dépend de ce que veut dire *exister* : un caillou dans ma main existe, la parole pour le dire existe, la sensation que j'ai de son poids existe, mais ce n'est pas le même mode d'existence. Et il est encore beaucoup d'autres modes d'existence possibles. Alors à propos de Dieu, duquel parle-t-on ?

– Ne tourne pas autour du pot : crois-tu en Dieu ?

– Dieu, je ne sais pas exactement ce que c'est ; mais j'en suis tout imprégné. J'ai depuis longtemps, avant même de le savoir, le goût de Dieu. Je suis imprégné de foi, sans image précise de ce à quoi je crois. Mais ceci est agissant, et me donne vie, ceci me donne écoute, ouïe, tact. Ceci m'anime ; et peu importe que l'objet du croire ne soit pas clair ; il n'est pas nécessaire de connaître avec exactitude ce à quoi on croit :

c'est une disposition, une ouverture, un élan, un mouvement perpétuel. Et puis que serait notre exactitude face à ce dont on parle ? *Que dit-on de vous en parlant de vous ?* dit saint Augustin. Pas grand-chose. *Mais malheur à qui se tait de vous ! Car sa parole est muette.*

Ce dont on a le goût est somme toute assez simple, mais on n'en fait jamais le tour, on ne le saisit jamais, et du coup jamais on ne s'en lasse ; c'est bien la vertu de ce sens-là, si fruste et si profond, incapable de subtilité, incapable de décoration, incapable d'aucune précision, mais qui nous lance avec une énergie obstinée sur une voie qui du coup est la nôtre. On ne sait pas où cela va, mais c'est la nôtre ; voilà le goût : simple, personnel, et sans fin.

De Dieu on n'a jamais fait le tour, de Dieu on ne voit jamais le fond, de Dieu on ne connaît jamais rien d'autre que le désir de le connaître. De Dieu on ne connaît que le désir de chercher et de trouver la volonté de Dieu dans l'orientation de sa vie, c'est-à-dire le désir de vivre.

J'ai le goût de Dieu, son goût sur la langue, c'était donc ça, ce grain de sel que l'on déposa entre mes lèvres, dans ma petite bouche sans dents et qui a mis si longtemps à fondre, jusqu'à saler maintenant juste à point ce que je sens et vois et pense.

Je ne me souviens plus, bien sûr, du moment du grain de sel que l'on posa sur ma langue, celui qui sert à attraper les oiseaux comme on le voyait sur la boîte de sel bleue posée sur la table de la cuisine – perché sur mon tabouret, quand j'étais à table dans cette cuisine qui prenait si bien le soleil, j'avais juste le nez dessus. Je ne m'en souviens plus, de ce grain de sel, il a fondu, il n'est plus trace de lui, sinon un certain goût qui imprègne ma langue, et que depuis je cherche, et qui manque si je ne le perçois pas.

Je ne sais pas exactement d'où il me vient, ce goût, peut-être de ce moment de lecture sur les tabourets de la cuisine, mais les origines trop précises sont toujours fausses, mythiques, mythifiées, elles ne sont là que pour tenter d'expliquer une imprégnation, un long processus dont on ne sait pas l'origine, et qui n'en a probablement pas.

J'ai en tout cas, hors toute origine précise, ce goût inexplicable de saisir ce qu'on ne saisit pas, ce qui est toujours présent mais ne se touche nulle part, et qui pourtant me donne vie. C'est étrange, comme goût, dans un monde où cela n'a pas l'air très utile, c'est comme poursuivre du vent, et faire de grands mouvements des bras pour essayer de l'attraper. Mais le vent n'est pas rien, et il faut le prendre au sérieux : on peut croire au vent ; il suffit d'une grande pièce de toile, d'un mât et de drisses, et le vent fera avancer le navire, aussi gros soit-il. Le vent a une efficace, même s'il ne se saisit pas, le vent est le mouvement sensible qui permet le mouvement visible.

La foi, cette disposition injustifiable, est ainsi la voile, la grand-voile – bien réelle qui se gonfle visiblement de ceci que l'on ne voit pas ; et le navire, ce grand assemblage de pièces de bois qui ne saurait sinon où aller, traverse l'océan, aborde des continents dont on ne saurait soupçonner la présence en restant sur la côte, le navire avance vraiment à l'aide d'une grande pièce de toile que l'on a dressée contre toute évidence, pour capter ce qui ne peut se décrire, ni se peindre, ni s'attraper. La toile se gonfle.

La foi n'est pas une puissance de consolation, elle n'est pas là pour aider à vivre : il ne s'agit pas d'aider mais de permettre, permettre de vivre pleinement. J'aimerais décrire une foi qui serait comme une joie où l'âme développe sans cesse sa puissance d'agir, ce qui est la plus belle chose à espérer, une joie habitée d'une parole que l'on puisse entendre.

Cette sensibilité qu'est la foi me fut transmise de la façon la plus confuse qui soit, par ma mère sans doute, mais surtout à travers elle par la lignée à laquelle elle appartenait sans rien y comprendre, et moi aussi, et moi non plus.

Quant à mon père, cela ne l'intéressait tout simplement pas, il s'en moquait éperdument. Il n'apparaîtra donc pas beaucoup dans ces pages. Avant de mourir, il avait laissé quelques mots où il affirmait vouloir disparaître, son corps brûlé, ses cendres dispersées dans la nature, vite fait, sans cérémonie, et qu'on n'en parle plus.

On ne va pas le laisser partir comme ça !, dit un prêtre qui le connaissait depuis si longtemps ; alors on brûla son corps mais on ne le dispersa pas, et on fit une cérémonie où chacun put lui dire adieu. Je l'aurais bien vu hausser les épaules, rationnel jusqu'au bout, même au-delà du bout : à quoi ça sert de me dire au revoir, puisque dans ma petite caisse, et ensuite dans ma petite boîte, je n'entends rien du tout : vous parlez à un mur, vous tous ; et il aurait ri. Mais ce n'était pas pour que tu entendes avec tes oreilles, ni même pour que nous parlions avec notre bouche : c'était pour que nos présences encore là accompagnent la tienne qui lentement se retirait, pour que ta disparition, ainsi qu'on le dit, ne soit justement pas une disparition. *J'ai perdu mon père*, aurais-je pu dire en utilisant une de ces multiples périphrases convenues que l'on utilise pour parler des morts sans dire qu'ils sont morts, mais justement je ne le dis jamais parce que je ne l'ai pas perdu, je sais très bien où il est, grâce à cette cérémonie un peu formelle où l'on met les morts à leur place, pas très loin des vivants, mais pas dans le passage non plus. Je sais gré au prêtre qui le connaissait d'avoir organisé cela de très simple, une célébration réduite à son principe, rien de plus, rien de moins : un accompagnement du départ, un salut un peu cérémonieux pour se dire au revoir. La religion prend soin de l'homme, funérailles, baptême, on ne laisse aucun de tous les hommes réduit à lui-même, on ne laisse personne apparaître et disparaître tout seul, on ne laisse pas la naissance et la mort se produire comme ça, naturellement ; car il n'est pas beaucoup de nature dans l'homme, tout y est langage, le corps, la joie, et même la mort ; tout est langage, y compris le goût, malgré son pauvre vocabulaire : il ne connaît que deux mots, oui ou non, et par là il nous dirige tout entier.

Voir

Le problème, c'est que la foi a toujours tort dès que l'on commence à en discuter ; la foi ne peut guère se défendre des doutes, des moqueries, et des réfutations, car on ne peut nier qu'on n'y voit rien : si l'on ouvre les yeux, Dieu n'apparaît pas. Il faut se résoudre à cette idée simple : dans ce monde-ci, il n'y a visiblement rien de surnaturel, il n'est rien que l'on voie autour de nous qui ne soit plus ou moins explicable par les lois qui régissent la matière ; et il n'est pas d'autre monde, faute de place. Le monde est plein, il fonctionne par lui-même, il n'est donc aucune raison de croire – *croire* au sens intransitif du mot – aucune. Cela se résume dans l'anecdote, probablement inventée, mais amusante, où Laplace présente à Bonaparte son *Exposition du système du monde*, chef-d'œuvre de mécanique céleste parfaitement déterministe : comme celui-ci s'étonne de n'y trouver, au contraire de chez Newton, aucune mention de Dieu, Laplace répond qu'il n'a pas eu besoin de cette hypothèse. Mais cela ne concerne que la mécanique céleste, qui n'a aucune importance dans nos vies, à moins d'être astronaute. L'observation rationnelle, qui est grande et belle chose, ne peut donner que ce qu'elle a, c'est-à-dire peu, et elle ne nous est d'aucun secours dans les domaines qui nous intéressent vraiment. Ceci, à quoi on croit, en quoi on croit, ceci en quoi on met sa confiance dans l'acte de foi, ne se montre jamais en premier. Si on attend que cela se montre, on peut toujours attendre.

Il n'y a aucune évidence de l'existence de Dieu, il n'y en eut jamais, et il n'y en aura pas. Si on attend l'apparition, si on attend le miracle, on peut attendre longtemps ; et toujours on soupçonnera d'avoir mal vu, par distraction, illusion, ou même hallucination, qui sont toujours convaincantes mais peut-être dues à ce que l'on vient de boire. Si on attend des preuves, elles ne viendront pas.

Le problème, c'est qu'on n'y voit rien. Il y a bien les apparitions, mais que fonder sur des images aussi incertaines ? Avec leur naïveté, elles ressemblent trop à l'imagerie religieuse qui a cours au moment de l'événement, pour que celui-ci en soit vraiment un ; et elles ne concernent que celui qui a vu, seul, et qui raconte. L'apparition n'est pas un fait visible malgré son nom, mais un récit. L'Église fait bien de s'en méfier comme de la peste, et de les contrôler avec des précautions de douanier avant de les accepter du bout des lèvres. Il y a également les miracles, mais eux aussi n'ont de réalité que comme récit : quand on essaie de les étudier avec attention, cela nécessiterait qu'on les reproduise et c'est en contradiction avec la notion même de miracle, qui toujours n'arrive qu'une fois, car il est transgression des lois naturelles, et on le reconnaît à cette unicité ; toute discussion à ce propos emmène dans une confusion des genres qui fait disparaître les faits, s'il y en eut jamais, dans une dispute sans issue. L'Église s'en méfie tout autant. Elle fait bien. Du spirituel jamais on ne voit rien, mais penser que là est la preuve que ceci n'existe pas, revient à penser que voir c'est prouver, ce qui est une naïve conception de ce qu'est une preuve, et de ce qu'est le fait de voir. La foi se moque des apparitions et des miracles, elle s'en passe, car son fondement n'est pas là. Mais la science se moque tout autant de ce que l'on voit, car la source de ses connaissances n'est pas là.

La foi a tout contre elle, la raison s'y oppose, et le monde tel qu'on le voit lui donne tort. Il est raisonnable, et vrai, de dire : « Ouvrez donc les yeux sur le monde, Dieu n'y est pas. » Et ensuite on peut enchaîner : « Il faut que vous l'acceptiez : il n'y a visiblement rien. Pourquoi cherchez-vous à rendre compte de ce monde par quelque chose qui n'y est pas, et qui expliquerait tout ? Soyez réalistes, expliquez le monde par lui-même. Regardez. »

C'est sans réplique ; mais on surestime beaucoup ce que c'est que voir. Bien sûr que l'on n'y voit rien, et cela manque, cela nous manque, à nous primates aux grands yeux, passionnés de nos visions, car que serait pour nous une réalité que l'on ne verrait pas ? La vue est notre sens préféré, celui qui nous nourrissait de fruits, la nuit, dans les forêts cénozoïques, qui nous dirigeait d'arbre en arbre, qui nous sauvait des mouvements brusques dans les buissons, nous protégeait de ceux qui en voulaient à notre viande. Nous sommes reconnaissants à ce sens complexe, nous lui faisons confiance, mais au fond on voit peu. Voir nous trompe, toujours. La perception n'est pas un lien immédiat au monde mais toujours une construction : voir est cérébral. En nous il n'est pas d'images, pas de sons : le cerveau nous montre le monde avec ce que les yeux lui donnent, des volées d'impulsions qui glissent le long de ses neurones, et avec ça il construit quelque chose qui a l'air vrai. Nous nous accrochons à ce que nous percevons comme vu, et nous croyons que c'est ainsi, ainsi que nous croyons le voir, alors que ce que nous percevons n'est qu'une construction éperdue de notre pauvre cervelle, la meilleure sans doute que puisse proposer l'Évolution pour l'instant, mais rien de plus. Toute image est approximative, construite avec des trucs de prestidigitateur pour que nous y croyions dur comme fer.

Avec notre sensibilité biaisée de singes visuels, nous affirmons que ce qui se voit est, et que ce qui ne se voit pas n'est pas. Cela semble marqué au sceau du bon sens, et après l'avoir affirmé nous n'y pensons plus, et retournons à nos petites affaires. La vision est pour nous la marque absolue de la réalité, on confond vision et évidence, évidence avec réalité. Nous surestimons beaucoup notre vue, et sous-estimons la présence de l'imagination dans tout ce que nous voyons. L'imagination, comme son nom l'indique, fait image, et c'est l'image produite par l'imagination qui nous permet vraiment de voir, alors qu'elle n'existe pas dans ce monde où nous vivons. Le monde est monde, et son image n'existe qu'en nous, car c'est nous qui la construisons, sans même le savoir, à l'abri de notre crâne où notre cerveau muet s'occupe de tout.

Contrairement à ce qu'en dit le bon sens – qui n'est qu'une façon de se rassurer en se voilant la face –, c'est ce que l'on croit qui fonde ce que l'on voit, et qui construit ce que l'on sait.

Les sciences de la nature, qui sont l'étude de ce qui est là, autour de nous, sous nos pieds, entre nos mains, ont assez peu recours à la vision. L'observation, qui est un outil parmi d'autres, ne doit pas être confondue avec elle : l'observation n'est pas une forme du voir. Sait-on ce que l'on a simplement sous les pieds ? Le sol. Oui, mais en dessous ? En dessous, en dessous des pieds, en dessous des roches auxquelles on a accès avec une pioche, encore en dessous, on n'est jamais allé y voir, et pourtant on sait. On sait par observations, appareils, mesures et calculs, et à partir d'une série d'informations où l'œil n'a eu aucune part, on sait de source sûre qu'il y a le manteau que l'on n'a jamais vu, on sait qu'il y a le noyau que l'on ne verra jamais, on sait sa température, la nature de ses matériaux, les mouvements qui l'animent, et à partir d'informations diverses on crée de toutes pièces de belles images en 3D qui flattent nos habitudes sensorielles, des images comme si on y était, comme si on voyait, mais on n'y est pas et on ne voit rien.

Tout au fond de l'eau on sait très bien la géographie des montagnes qui dans le noir s'élèvent sur le fond de l'océan ; on saurait s'y poser et s'y promener, on a nommé chaque pic et chaque vallée, mais là en bas, si on y était, on n'y verrait rien. On y est descendu tout de même, à deux mille mètres de fond en petit sous-marin blindé, très résistant et peu manœuvrier, mais ce que l'on voyait c'étaient les quelques mètres de fond qu'éclairait son gros projecteur. Qu'a-t-on vu ? Rien. Qu'est-ce qu'on sait de la géographie de cette partie cachée du monde ? Tout. Le peu que l'on en a vu avec des yeux humains, c'était comme traverser les Alpes en voiture, de nuit, et n'en percevoir que le peu qu'en éclairent les phares. Mais cela n'empêche pas d'en avoir la carte sur les genoux que l'on consulte avec une lampe de poche, une carte exacte et parfaitement détaillée. Pour l'établir, l'œil n'y a pas été pour grand-chose ; ces montagnes qui sont là, personne ne les a jamais vues.

« Et puis, sans aller si loin, le monde autour de nous grouille de ce qu'on ne voit pas : microbes, atomes, particules.

– Pour ça, il est des microscopes.

– Si limités…

– Quand on les aura perfectionnés, on verra tout.

– Même pas. En deçà d'une certaine taille, les objets ne se voient plus, car ils n'interagissent plus avec la lumière.

– On imaginera d'autres moyens….

– On peut imaginer être très petit, et tout voir avec nos petits yeux. Mais c'est une fable, un pari, une expérience de pensée.

– On donne bien des images de ce qui est tout petit.

– Il ne faut pas croire les images que l'on donne du petit monde qui nous entoure : elles sont utiles mais elles ne sont pas vraies. Elles sont toutes imaginées, avec bien d'autres outils que les yeux. »

Le microscope n'est pas une loupe. Il est un instrument d'observation, pas un outil de vision comme l'imaginent ceux qui ne s'en servent pas.

Il ne permet pas de voir les choses telles qu'elles seraient mais telles qu'on les a préparées pour utiliser un microscope, donc coupées, fixées, colorées, rendues visibles sous un aspect entièrement faux, sans rapport très clair avec la manière dont cela existe et s'agite autour de nous. Un peu comme si par la minutieuse contemplation d'une entrecôte on espérait comprendre quelque chose à la vie des pâturages ; on comprendrait un peu, mais pas vraiment tout. Quelque chose échappe à la simple observation, du fait des filtres et des outils et des organes qui s'interposent entre le monde que nous voudrions connaître et nous.

Ce n'est pas l'œil qui voit, le pauvre, il fait ce qu'il peut, mais il n'est guère plus qu'une prise téléphonique : il reçoit, il trie, il ne comprend rien à ce qui transite par lui, il n'en fait pas grand-chose, il transmet. Ce n'est pas l'œil qui voit, mais le bloc œil-cerveau, et l'essentiel de ce que l'on perçoit est en fait l'agitation mentale, qui occupe en permanence le siège visqueux et désobéissant de notre pensée, que l'œil soit ouvert ou clos. Ce n'est pas l'œil qui voit ; la pensée voit.

Ce pourrait n'être qu'un platonisme de bazar, une banalité épistémologique, voire une mièvrerie, comme quand on dit *que les choses importantes on ne les voit qu'avec le cœur*, mais posez donc l'œil à l'oculaire d'un microscope, mettez l'œil dans cette machine à voir, et la croyance dans les capacités objectives de la vision s'évaporera aussitôt.

Le professeur de sciences que j'ai été connaît bien ce moment où après un peu de silence studieux où ils commencent à faire ce qu'on leur demande, les élèves se relèvent et gémissent : « Monsieur ! On n'y voit rien... – Mais regardez ! répond-il. Regardez donc ! » Rien n'y fait. L'évidence n'apparaît pas. Alors le professeur insiste, mais ils geignent encore, ou protestent ; alors, fulminant, le professeur virevolte, il passe d'un élève à l'autre, il règle les molettes, change les objectifs, nettoie les oculaires, il conseille patiemment, il indique du doigt sans pouvoir poser le doigt, il s'agace, il finit par s'énerver, il se démène pour que les élèves accèdent à l'évi dence, et peu à peu, grâce à l'explication, au schéma du tableau, et aux réglages techniques, l'évidence apparaît – ce qui laisse rêveur quant aux propriétés de l'évidence. Épuisé, essoufflé, la voix éraillée, le professeur se demande pourquoi les élèves ne voient pas ce qui est là, et que lui voit si bien : une cellule ce n'est pas compliqué à voir, pourtant. Et si. Parce que le microscope est un objet décevant : dedans, on n'y voit rien. On pensait voir plus gros, en mieux, comme avec une loupe, et quand on s'y penche c'est un puits où miroitent des reflets colorés, où dérivent des essaims de points dont on se demande où ils vont, où clignotent des miroitements indécis qui s'effacent à la moindre modification des réglages. Une bulle d'air, une rayure, des débris peuvent y être pris pour l'objet à observer, une cellule ne s'y voit jamais en entier. Le vrai, dont on cherche à donner la preuve en le regardant avec soin, ne se manifeste pas si simplement.

La cellule, cette chose si connue, si établie, si simple, ne peut se voir car elle est un objet mental ; les yeux peuvent participer à la concevoir mais n'y suffisent pas. C'est la pensée qui a créé la cellule en tant que cellule, et c'est la pensée qui voit, ce qu'on appelle *voir* dans ce cas-là, c'est-à-dire concevoir pleinement.

Ce que l'on observe au microscope est toujours au-delà de ce qu'il montre. Le microscope est un outil qui participe à la construction d'un objet mental. Cet objet une fois construit, une fois schématisé, on identifie sans peine les indices que peut en montrer le microscope. Mais avant, non. L'élève, tout seul, panique vite quand il plonge dans ce puits flou où on lui a dit qu'il découvrirait des êtres alors qu'il n'y trouve que des reflets changeants. « Monsieur ! On n'y voit rien… » Et le professeur qui sait ce qu'on doit voir ne comprend pas qu'on ne le voie pas. Un peu fatigué de se répéter, il est un instant effleuré par la tentation d'attribuer ceci à la paresse de l'élève, à son manque de motivation, voire à sa rouerie d'adolescent désobéissant, et il est tenté de se fâcher, mais juste un instant. Rapidement son bon côté reprend le dessus, et patiemment il va revenir vers les élèves et les amener à la vision juste ; patiemment il va convertir ces élèves que l'ignorance aveugle.

Cette confusion entre l'optique et l'évidence rend difficile à expliquer ce que signifie *voir*. Nous sommes si structurés par notre sens de la vision qu'il nous est difficile de comprendre que tout ne se voit pas, et que ce qui se voit n'est pas ce qui est. Voir, vraiment voir, dépend de la pensée, pensée que l'on projette autour de soi. L'absence de projection, que l'on confond avec l'objectivité, empêche tout simplement de voir.

Avant l'invention de l'optique géométrique, on imaginait que le regard était un organe. On imaginait que le rayon visuel émanait de l'œil comme une langue de caméléon, traversait l'air aussi vite la lumière, et venait frapper les objets pour en goûter la forme, la texture et la couleur, puis revenait pour nous le dire, toujours aussi vite. On sait bien maintenant qu'il n'en est rien : les objets rayonnent, et l'œil reçoit, un point c'est tout. Mais cette vieille notion de rayon visuel, concept archaïque, curiosité poétique de l'histoire des sciences, reste psychologiquement vraie : on voit ce qu'on sait.

Les exemples surabondent, que ce que l'on croit fonde ce que l'on voit, mais ils laissent toujours perplexe : on n'y croit pas, on les oublie. Nous sommes tant investis par la vue que nous ne pouvons croire qu'elle nous trompe, non par perfidie mais par faiblesse : la vue nous bricole de petites images à partir de peu, et nous croyons que le monde est là. Une classe de lycée devant des microscopes est un rappel assez sain de ces approximations discrètes qui régissent nos sens. Mais on peut retourner le microscope, le braquer vers le ciel, et raconter d'autres histoires.

À l'aide d'un télescope, objet très exact, on peut observer les canaux de Mars. On s'en souvient, toute la science-fiction de la première moitié du XXe siècle en était pleine. On croyait aux Martiens, et ils vivaient près de leurs canaux. Mais si aujourd'hui on regarde Mars au télescope, il n'y a aucune chance que quelqu'un voie le moindre canal. Si on consulte la cartographie très précise que les satellites en ont faite, on n'en devinera aucune trace. Pourtant les canaux de Mars ont existé, à un moment précis de l'histoire de l'astronomie. Ils ont été observés et cartographiés avec méthode, on ne pouvait faire sans eux de 1877 à 1909. Ils existèrent comme évidence, comme donnée immédiate de la conscience, il n'y avait qu'à regarder et les relever, du 12 septembre 1877, jour de l'observation rigoureuse de Giovanni Schiaparelli qui les reporta sur une carte, jusqu'au 20 septembre 1909, jour de l'observation rigoureuse d'Eugène Antoniadi, qui publia une carte, la première depuis trente ans où n'apparaissait aucun canal.

Percival Lowell, milliardaire américain obstiné, usant de télescopes toujours plus perfectionnés, continua tout de même à établir des cartes toujours plus précises où apparaissaient les canaux, leurs dédoublements, leurs croisements, les oasis de la surface de Mars ingénieusement situés ; on comprenait bien comment c'était, on comprenait bien comment fonctionnait ce monde desséché qui tentait de survivre en créant des canaux comme autant d'oasis. Ces belles cartes, si précises et si fausses, circulèrent jusqu'à ce que *Mariner 4* en 1965 envoie des images prises de près. La surface de la planète était désertique et assez uniforme, sans fossés qui puissent être interprétés comme on l'avait fait jusque-là.

Ce qui est étrange dans cette histoire, c'est qu'elle ne dépend pas de l'imperfection des moyens. Regarder aujourd'hui une photo de Mars, qu'elle soit bonne ou mauvaise, quels que soient l'échelle ou le procédé, ne suggère absolument pas que l'on puisse trouver un réseau de canaux ; et surtout aussi précis qu'ils furent cartographiés, avec des instruments qui ne permettaient pas de les voir si exactement.

Que vit-on pendant trente ans ? Des illusions, la capacité du cerveau à rehausser les contrastes, à compléter les formes, à faire des lignes avec presque rien, avec deux ou trois points vaguement alignés qui suggèrent une ligne très claire. Or les illusions ne sont pas fausses, elles sont plutôt des indices sur le fonctionnement de notre perception. Ce que l'on a vu, c'est l'espoir de voir, l'extrême attention de l'œil daltonien de Schiaparelli, insensible aux nuances de Mars la rouge telles qu'on les distingue à la lunette, et guettant les moindres variations de densité d'une image qu'il voyait grise. Mais ce qui était vu, surtout, c'est le désir d'un récit, le désir de voir se projeter là-haut sur Mars l'image d'une autre Terre, plus ancienne, qui nous révélerait l'avenir de la nôtre. Le sens de l'avenir qui se manifestait dans tout le XIXe siècle avait son versant mélancolique, et l'on imaginait que ce progrès auquel on assistait, auquel on croyait, si linéaire, si glorieux, si rapide, s'achèverait par l'épuisement, la chute, et enfin le désert. Mars avec ses canaux était le monde d'après la Terre, une terre plus ancienne qui lentement séchait, et les Martiens tentaient par d'énormes travaux de sauver leur monde de l'ensablement et de la fin. Ils creusaient des canaux pour apporter jusqu'à l'équateur l'eau de leurs calottes polaires, et le percement réel de Suez, les fantômes rêvés de l'Atlantide, fournissaient des images à ces rêveries. J. H. Rosny aîné y consacra un roman d'anticipation, *La Mort de la Terre*, où il mettait en scène cette thématique de l'épuisement qui infusait toute la culture, et donc aussi les sciences. Pendant trente ans, on vit ce qui n'était pas, on vit des canaux sur Mars, et alors c'était vrai, observable, évident, et celui qui ne les voyait pas n'observait tout simplement pas bien.

On peut ne pas voir ce qui est, on peut tout autant voir ce qui n'est pas, car c'est la pensée qui voit, pas l'œil ; et le monde dans lequel nous vivons nous paraît toujours plein, toujours exact, toujours évident, pauvres grands singes forestiers que nous sommes. La connaissance, toujours, va au-delà des sens, qui font ce qu'ils peuvent, avec les quelques informations qu'ils prélèvent dans un environnement foisonnant, reconstruisant à partir de ces quelques détails des images flatteuses, qui toujours paraîtront suffire. Mais c'est notre cervelle en dernier recours qui nous construit une image du monde.

Il existe une nouvelle de Borges qui traite des conditions de l'évidence (il existe une nouvelle de Borges pour toutes les situations importantes de la vie). Il y raconte une journée d'Averroès qui traduit Aristote en arabe. Il bute sur deux mots : *tragédie* et *comédie*. Il ne voit pas à quoi cela correspond. Il ne comprend pas *théâtre*, *représentation*, *catharsis*, il ne comprend pas les concepts fondamentaux de la *Poétique* d'Aristote, il traduit sans comprendre. Il consulte des amis, des sages, des voyageurs, personne ne comprend. Ils connaissent les récits que l'on fait de ce que l'on a vu ; ils connaissent la poésie que l'on crée à partir d'images verbales, convenues ou audacieuses ; ils connaissent le Saint Coran que l'on récite, car c'est la parole de Dieu lui-même, en langue arabe claire, et il n'y a rien à ajouter, rien à omettre, rien à transformer. Mais ils ne voient pas bien ce que pourrait être le théâtre, ils ignorent ce qu'est le jeu ; ils n'imaginent pas que l'on puisse se déguiser pour jouer une histoire inventée car, quel intérêt cela aurait-il d'être faux, de faire semblant, alors que le seul but est le vrai, et que l'on peut le dire tout simplement ? Averroès retourne à sa traduction et ne comprend toujours pas les mots du théâtre. Sous sa fenêtre, dans la rue, des enfants jouent à des jeux d'enfants. Chacun a un rôle, chacun fait semblant pour de vrai, ils inventent une histoire et la jouent. Mais il ne les voit pas ; il ne peut pas les voir : il ne sait pas ce qu'est le théâtre.

Voir est un sens en lequel nous avons trop confiance, par habitude de primates nocturnes apparus dans la forêt, pourvus de deux gros yeux au regard parallèle, bien ouverts, avec vision trichromatique, sensibilité au relief et au mouvement, merveilleuse saisie des formes, et ce sens qui nous a nourris, nous a protégés, nous fait croire connaître, nous lui vouons une confiance totale ; à tort. Il a ses règles, ses limites, ses mécanismes. Il n'a rien – c'est bien un comble pour lui – de transparent. On voit ce qui n'est pas, on ne voit pas ce qui est, mais on peut voir ce qui est, et même ne pas voir ce qui n'est pas. Qui sait ? On ne sait pas.

On s'embrouille, on fait comme on peut, on se débrouille surtout. Ce sens qui est le nôtre, sens de grands singes mangeurs de fruits, n'est pas de beaucoup d'usage pour le problème qui nous occupe, qui est de savoir en quoi croire, si on ne le voit pas. Ce sens faussement net ne nous aide pas à le résoudre, il le brouille plus qu'autre chose, par trop d'habitudes auxquelles nous ne pouvons rien.

Fermons les yeux ; le monde est toujours là.

Entendre

À un certain moment de ma vie, je crois que je cherchais noise à mon corps, et l'été j'allais à vélo dans tous les reliefs que je pouvais trouver, en plein midi toujours, et torse nu, cherchant la côte et la gravissant, sans hâte mais avec une détermination de forgeron. Je cherchais alors noise à mon corps, je crois, je lui cherchais querelle, je lui cherchais bruit, je l'assourdissais d'efforts et de chaleur, je laissais le soleil vissé en son zénith cogner sur mon dos nu, doré et luisant comme le bronze d'une cloche, et il cognait, et je n'entendais plus rien dans ce vacarme ; tête baissée, je grimpais.

J'allais souvent dans le Mâconnais où les côtes sont courtes mais raides, et les étés brûlants. Sur les routes bordées de vignes et de calcaire, le thermomètre explose, le soleil joue des cymbales à grands gestes, le cœur bat directement dans les oreilles où il fait comme un gros tambour ; il ne s'agissait pas de souffrance, mais d'excès : je cherchais un excès physique dans les quelques heures que me laissaient les tâches obligées d'une vie très banale.

Ce jour-là dont je veux parler, errant sur la foi d'une carte approximative, je me perdis sur les crêtes, passai par des forêts sèches, et entrai dans un village que je ne connaissais pas, un village de pierre blanche, désert comme sont les villages l'été à cette heure-là, et au milieu s'élevait une église romane massive, presque sans ouvertures, comme taillée dans un seul roc. Dans cet état d'éblouissement et d'assourdissement voulu où je m'étais mis, ruisselant de sueur, j'eus idée qu'elle pouvait contenir, cette masse de pierre immobile, une grotte pleine d'ombre et de silence. J'entrai. L'ombre fraîche me fit frissonner, et tout s'arrêta. Mon corps à qui je cherchais noise dans ce brusque silence se ralentit et se tut. Le silence était parfait. Une lueur douce glissait par les ouvertures étroites, effleurait les murs nus et leur donnait un calme d'éternité géologique, ce qui pour nous, êtres animés, trop agités, trop vite périssables, se confond avec l'éternité tout court. La nef épurée, courbe de pierre blanche, tenait debout par douze piliers énormes, les plus gros que j'aie jamais vus, gros comme des tilleuls de trois cents ans. Leur puissance tranquille, leur poids manifeste, donnait à rêver d'un soutien invincible, comme ces mythes qui racontent que le monde repose sur le dos de trois éléphants. Les piliers seraient leurs pattes, trois éléphants très calmes, attentifs, cosmophoriques, et il émanait d'eux une éternelle stabilité. En ces douze piliers on pouvait avoir confiance, et en cette voûte, et en cette lumière douce qui n'éblouissait plus, filtrée par de fines ouvertures, enfin accueillante.

Je m'assis sur un des bancs polis qui luisaient dans l'ombre fraîche, et m'asseoir, ne plus penser à me tenir debout, ne plus entendre l'écho de mes pas sur les dalles, ce fut plonger d'un coup dans un grand silence, silence d'église redoublé du silence de mon corps, mais silence vivant, qui ne faisait pas disparaître la présence. Je bus ce vide heureux comme une eau vivifiante. J'avais affronté le soleil et ses cymbales, les routes en pente, mon corps grinçant et pulsant, mon corps pétaradant, et j'étais arrivé là : l'esprit vidé par l'épuisement physique, disponible à ce qui est encore quand tout s'arrête et se tait.

Le vide bruissait, il était tout imprégné d'un être profond qui n'avait nul besoin d'en dire plus, et son silence était tout empreint de paroles avant qu'on les prononce – pas la peine – mais frémissantes, dont je devinais l'apaisement, et cela suffisait.

J'y restai longtemps assis ; j'en concevais un bonheur tellement grand qu'il n'avait pas de limite, un bonheur immense, vraiment. J'étais là et mon esprit flottait autour de mon corps calmé, et le monde soutenu de douze énormes piliers vibrait à mon unisson.

Quelque chose de tout petit, de très fin, d'infime vis-à-vis des efforts que je venais de faire sur la route, et de la masse du bâtiment où j'étais entré, palpitait en moi comme une toute petite respiration, comme un murmure, comme le ressac des images verbales avant qu'on les prononce, dont on ne sait pas d'où elles viennent, et elles passent, et reviennent, sans insister ni s'arrêter. Ceci à quoi je ne laissais d'habitude jamais place, je l'écoutais. Cela pouvait durer, je pouvais rester là tout le temps qu'il faudrait. Le monde avait une présence tranquille et m'accueillait enfin.

Quand je repartis, je remarquai une tirelire fixée sur la porte, et un petit mot du conseil municipal qui en appelait aux dons, car entretenir une si belle église coûte cher à un petit village, et si les subventions avaient été demandées, elles tardaient.

Je revins dans le même village des années plus tard, en voiture. Les subventions avaient dû arriver car le village avait été refait, et un parking construit face à l'église. Elle avait été grattée pour montrer sa pierre, et son intérieur était éclairé de spots. Une sono dissimulée passait en boucle des chants de monastère.

En faisant quelques pas dans la nef rénovée, je compris ce que Kundera voulait dire en parlant de l'*imbécillité de la musique*, quand elle est utilisée à des fins de décoration. L'église avait été mise en valeur, mise en scène comme représentation d'une expérience spirituelle, figurée par l'éclairage et la musique ; on pouvait la visiter. « Vous entendez la bande-son si reconnaissable de la spiritualité ? Retournons aux cars maintenant. »

Je ne restai pas. Je ne pouvais pas, l'espace était rempli, je ne pouvais rien écouter. Auprès de la porte je vis un petit interrupteur où l'on précisait : « Si vous voulez interrompre la musique pendant trois minutes, pressez le bouton. » Trois minutes m'auraient soulagé, mais je n'essayai pas.

Qu'avais-je connu dans cette église romane du Mâconnais, du temps où elle était oubliée, avant qu'elle ne soit mise en valeur ? J'y avais trouvé ce pour quoi elle avait été faite. J'avais trouvé ce que maintenant la musique et l'éclairage désignaient, en empêchant ainsi de le vivre : un moment de présence pure, où vide et silence me laissaient être, où j'avais tout le temps et toute la place d'être, comprenant quelque chose que je ne savais pas avant de venir là, car jamais je ne pensais à écouter le vide. Le vide permet ce que le rempli ne permet pas ; il est trop occupé.

À l'époque je cherchais noise à mon corps, je le martelais pour qu'il résonne, pour qu'il se fissure, se fende et s'effondre enfin, libérant ce à quoi j'aspirais, cette petite flamme infime que je pensais être le plus vivant en moi, et que la façon que j'avais de mener ma vie, pensais-je, m'empêchait alors d'entendre et de déployer. Je pensais devoir être ailleurs, et j'y allais à vélo.

Je cherchais quelque chose, je faisais des kilomètres pour cela, et j'avais trouvé le vide. Mais le vide n'est pas rien. Lorsqu'on se tait, lorsqu'on ne s'agite plus, qu'il ne se passe rien de particulier, le monde existe encore, et même mieux : il recommence d'évoluer enfin. Le vide ce n'est pas rien ; c'est même l'état des choses avant tout.

Michel Cassé, qui réécrit la physique moderne pour en faire apparaître la poésie, définit le vide comme l'état d'énergie minimum du système des champs qui constituent le monde. Le vide est l'espace serein, hypersensible, où n'existe encore rien ; et quand il réagit à ce qui le trouble, ses excitations sont les particules. Le vide quantique est tendu comme une corde de violoncelle, et ses oscillations comme des notes seraient la matière. Le monde matériel tel qu'on le perçoit n'est qu'un vide troublé, les vaguelettes d'un lac où l'on a jeté une pierre ; quand la surface s'apaise enfin, le lac est toujours là.

Je trouvai dans ce vide la place d'un mouvement, dans ce silence la possibilité d'écouter une parole qui n'a pas besoin d'être prononcée, j'avais trouvé le temps et l'espace nécessaires pour me retourner comme un fœtus se retourne dans sa poche qui le serre de tous côtés, et ainsi voir brusquement mon existence sous un tout autre angle. J'avais eu un peu de place ; peu importe la taille de cette place, sa simple existence permet de se retourner. Dans un monde bien rempli rien ne bouge, sinon par choc ; sans le vide, sans cette réserve, le monde serait figé comme un mausolée de marbre, et il ne bougerait que par fissures et effondrements.

Le silence n'est pas vide, pas plus que le vide n'est silencieux. En ce moment précis où mon corps martelé soupirait, se reposait enfin après avoir tant agi, tant fait, autant qu'il le pouvait, à ce moment-là j'entendis ce qui reste, ce qui ne s'entend pas vraiment mais qui est là. J'entendis ce qui est déjà-là, ce qui est toujours-là, j'entendis ce qui donne vie, ce qui est en moi et en dehors de moi, partout, j'entendis ceci que seul l'épuisement, et le refuge un instant dans ce cocon de pierre, m'avaient fait entendre.

Mon corps calmé, lessivé par l'effort, avait perçu le monde tel qu'il est avant qu'on le touche, avant qu'on le dérange, avant qu'il s'anime et se charge d'objets : le monde à l'état neuf, toujours vivant et fécond, mais au calme, le monde toujours présent et moi dedans, et lui en moi, sans plus d'avant ni d'après. Tous les détails qui m'entouraient, les objets, les circonstances, mes états d'âme, n'étaient que le commentaire assez inutile de la parfaite présence. J'étais là, au cœur d'un rocher de pierre blanche creusée d'une voûte à ma taille, et cela suffisait.

Assis sur un banc de bois ciré qui avait le velouté et la fraîcheur d'une peau, j'écoutais le silence, silence de mon corps calmé, silence de cette formidable construction de pierre qui avait la pureté de forme d'un instrument de musique. Ceci, que j'écoutais, savait me parler et je savais lui parler, même s'il n'y avait rien à dire ; ceci était à mon image et j'étais à son image, même s'il n'est pas besoin de la dessiner. C'était là, mouvement immobile, murmure muet, toujours présent sans que je sache où. C'était moi-tout-autre-que-moi, matrice de ma propre vie et de toute vie, qui était forme de vie, et j'en étais l'image. On peut lui donner un visage si l'on veut, mais ce serait le visage de tous les visages. Et ceci m'était bienveillant, à moi personnellement comme à tous, et je lui en étais reconnaissant.

Dans un village du Mâconnais absolument désert en plein midi, mon vélo appuyé contre le portail, mon corps lentement se calmant, séchant de la sueur qui s'en était écoulée comme s'il fuyait, je plongeais dans le déjà-là, dans ceci qui est là et peut entendre ce que je dis, et je peux entendre ce qui est dit, sans qu'il soit besoin de rien prononcer, et cette possibilité seule, en forme d'accueil, est une bienveillance profonde qui me maintient en vie.

Je ne peux dire à quoi ceci ressemble, je ne peux en donner d'image, car si le moi-tout-autre-que-moi me constitue à son image, je ne le perçois que selon ma forme, donc assez mal, car je sais mes limitations. Quelque chose est là que je ne vois pas, mais que je peux percevoir si je fais silence, et dans ce silence ceci a toute la place pour venir jusqu'à moi, et dans ce vide qui n'est pas rien, je me déploie et m'agrandis de ceci qui vient. La vie éternelle est déjà là.

Ce jour d'été, entre les pattes de trois éléphants de pierre qui soutenaient la voûte, je sentis la vie éternelle autour de moi et en moi, la vie éternelle et sa lumière qui est dans les interstices entre les objets, qui leur donne naissance et les maintient dans l'existence.

Ceci qui est là se montre à peine, il faut pour le percevoir baisser la lumière, ne faire presque aucun bruit, et c'est là, c'était là depuis toujours, et on ne le savait pas parce qu'on était trop bruyant. Maître Eckhart raconte cela, dans un commentaire de l'épisode des Évangiles où le Christ chasse les marchands du temple : « Enlevez-moi ça ! Débarrassez-moi ça ! » dit-il. Il se fait d'une corde un fouet, et il chasse du temple tous les marchands d'animaux, qui attendent là qu'on leur achète de quoi faire un sacrifice.

Mais Eckhart n'accuse pas les marchands de faire du commerce là où ne devrait avoir lieu que la prière, peu lui importe : ils ne faisaient rien de mal, ils vendaient des tourterelles qui sont belles choses, et agréables à Dieu. Il n'a rien contre les tourterelles et le Christ les chasse. Il dit : « Débarrassez-moi ça ! » Pourquoi ? Ce n'est pas mauvais, mais cela dresse des obstacles à la vérité limpide. L'âme est un temple, et il veut qu'elle soit vide pour l'accueillir, lui. Il veut débarrasser l'âme des dix mille êtres qui l'encombrent dès qu'elle s'agite, comme une étendue d'eau que l'on trouble, et le reflet qu'elle portait se fragmente en dix mille reflets qui en voilent la transparence, que l'on ne retrouvera que lorsque l'eau aura retrouvé son calme, et dans ce silence, l'image apparaîtra.

J'ai entendu les mêmes paroles dites par des gens vivants, ô combien vivants, par des carmélites qui devant moi décrivaient leur vie avec les mêmes mots que les mystiques médiévaux. Elles parlaient du silence, qui est la vie même qu'elles ont choisie, qui est la condition pour elles de l'accueil de cette vie. « Le Christ ne parle pas fort, disaient-elles. Il faut faire silence pour l'entendre. » Par le silence consenti, elles débarrassent leur cœur de ce qui l'encombre, et en font une église romane vide où par de fines fenêtres peut entrer la lumière. « Le silence agrandit notre espace intérieur, disaient-elles, et permet d'accueillir la présence de Dieu qui est murmure. » Elles choisissent de ne pas parler pour entendre ; elles écoutent.

Il n'y a rien de plus simple, rien de moins mystérieux qu'écouter, écouter ce qui reste quand tout s'est tu, quand on a tout éteint ; cela n'est pas très difficile à mettre en œuvre, mais cela fait très peur, tant on confond ce silence avec l'ennui et la mort, et on n'ose pas tout éteindre. Tout, en ce monde merveilleusement perfectionné où nous vivons, permet l'agitation et l'encombrement, tout concourt à nous faire penser la vie bonne comme pleine de vacarme, et il est difficile d'obtenir le silence, et plus difficile encore de s'y laisser aller, tant on en a peur. Il est merveilleux pourtant de parvenir à éprouver un silence qui ne soit pas mort, un vide qui ne soit pas rien, mais condition de la plénitude ; ce qui, malgré son nom, n'a rien à voir avec l'encombrement.

Lors d'un séjour dans un hôtel suisse au bord d'un lac, où au dernier étage on proposait un sauna à tous les clients qui le voulaient, j'en profitais, avec d'autres, et nous étions un certain nombre en claquettes et peignoir blanc à nous croiser dans les couloirs, à prendre des douches de températures différentes, à plonger dans le bac froid, à nous asseoir dans la cabine brûlante où un peu de vapeur montait d'une caisse de pierres chauffées. Assis sans bouger sur des bancs de bois, dans cette chaleur, on fond.

Dans l'étuve je deviens un morceau de beurre, je sue, je me ramollis, je coule, je me perds ; puis je sors et je me fige dans l'eau froide ; ensuite, allongé dans un peignoir, je m'endors quelques instants, je ne suis plus tout à fait là, presque plus là, je fais l'expérience d'une présence évanouissante jusqu'à n'être plus que ma respiration, mon souffle juste nécessaire, et je me réveille, et je suis neuf comme un champ de neige qui vient de tomber, je reviens habité d'un verbe neuf et frais, de nouveau malléable, la parole de nouveau signifie quelque chose. Car moi qui fais profession de parler – ou d'écrire, ce qui revient au même –, je sais bien que la parole toujours se sclérose, c'est sa pente, sa tendance, son destin, elle se rigidifie et devient bavardage, elle m'enserre alors comme un corset dont je ne sais plus comment me défaire. Dans le silence issu du sauna, tout est neuf. Et le verbe lentement me donne vie, goutte après goutte, et il me semble entendre, précisément entendre, et alors les mots apparaissent et s'assemblent. Quelque chose fait de verbe me met au monde à nouveau.

J'aime beaucoup cet état. Alors quand l'hôtel m'en donna l'occasion, j'y allais, et après la chambre à sueur nous étions alignés, messieurs en peignoir allongés sur des chaises longues, et j'étais nulle part, ou bien exactement là, sur la pointe de mon attention sans faire attention à rien, présence neuve, confiance en ce monde, scléroses dénouées, carapaces tombées, je respirais, c'est tout ; cela qui n'est pas la foi mais le simple outil de la foi vibrait simplement en moi.

Et autour de moi sur les autres chaises longues il y avait des petits rires, des soupirs, des mots, les messieurs en peignoir s'assuraient les uns les autres de leur détente, et l'expression de la détente mettait fin à la détente. Il fait peur, le silence, il inquiète, et il est des gens qui ne savent pas garder le silence car ils doivent le confondre avec l'inexistence. Ils croient basculer dans le vide, se raccrochent avant le vertige, se rappellent à leur propre attention par un gros soupir, puis un autre, plus fort encore, puis une exclamation, un mot, un petit rire. Tout ça de peur de disparaître, sans doute. Au bout d'un moment l'un d'eux sortit une tablette de son peignoir. Plusieurs s'agglomérèrent autour de lui, se penchèrent sur son épaule, ils étaient éclairés par en dessous, ils regardèrent la transmission d'un match de foot. Heureusement en allemand avec l'accent suisse, je ne comprenais pas, et je pus continuer les yeux clos à ne faire attention à rien.

Tout le malheur de l'homme est de ne pouvoir rester dans sa chambre, soupirai-je en moi-même. Ce n'est pas tout à fait de moi, mais j'en sentis alors la parfaite vérité.

Le vide est habité pour peu qu'on l'écoute ; le vrai cauchemar est le plein, un monde totalement rempli au point qu'il n'y reste ni terrain vague ni temps mort, plus d'ennui. Un monde totalement livré aux dix mille êtres encastrés les uns dans les autres, un monde affolé qui suivrait jusqu'au bout sa pente panique en récusant toute forme de manque, ce monde-là serait immobile et morbide, vraiment effrayant.

J'en ai vu un exemple à Lausanne, dans une maison assez discrète, une maison sombre avec peu d'ouvertures et peu d'éclairage où l'on collectionne l'art des fous. On peut discuter le terme, trouver qu'il s'agit d'un art brut, d'un art naturel, de l'art sauvage avant qu'il ne soit bridé par l'académisme. On peut discuter, cela fera toujours du bien à l'art, car cet art-là interroge ce qu'est l'art, et il est important de le voir et de s'en souvenir, mais il est du côté des fous, et de leur douleur.

Dans cette maison discrète et bien fermée où l'on avance à pas lents, comme avec précaution, tout est expérimenté, toutes les formes, tous les matériaux, toutes les techniques. Les œuvres ne se ressemblent pas, car leurs styles sont divers, mais une même sensation de malaise et d'étouffement les relie toutes. Le point commun de toutes les œuvres de l'art brut, quelles qu'en soient les techniques, est le plein. Dans ces représentations totales et confuses que produisent les fous, ceux qui ne parviennent pas à s'abstraire de leur souffrance, qui ne parviennent pas à faire un pas hors du monde pour qu'il cesse de s'imprimer en permanence sur la totalité de leur peau, dans ce bégaiement formel qui les fait poursuivre leur œuvre jusqu'aux limites de la feuille, il n'est jamais aucun espace vide. Tout est occupé, il ne reste pas de blanc. Aucun vide, aucun silence, mais aucune parole non plus dans ces toiles, dans ces dessins terribles, mais un vacarme graphique continu qui emplit tout l'espace du musée. Au bout d'un moment on doit sortir, car on étouffe, l'air n'existe plus, on veut ouvrir une fenêtre mais il n'y en a pas, on veut sortir enfin malgré la fascination qui ferait rester là toujours, mais c'est une question de survie : on étouffe et il faut que l'on respire. Sur le trottoir, sauvé, dans le calme de la rue d'une ville suisse, on peut reprendre son souffle, et peu à peu cet affolement panique qui montait et remplissait tout se calme et se tait. On peut de nouveau parler, avec ceux qui nous accompagnent, parler de ce qui a été vu et vécu dans cet autre monde à l'intérieur d'un musée discret, qui est tout à la fois rempli d'humanité, totalement saturé d'humanité, et qui du coup en est horriblement dépourvu. Parler, on le fait dehors, dans la rue, en descendant sans hâte vers le lac si calme, car dedans il n'est pas question de parler, ni de penser, ni même de respirer : pas la place. Seul le vide laisse place, et permet la vie.

Fermer les yeux fait du bien, car ce sens limité qui nous obsède avec sa suffisance conçoit mal les paradoxes auxquels on se heurte quand on essaie de s'approcher de la présence. Le tiers exclu, le refus d'ubiquité, la localisation précise sont des principes issus de la vision, alors que l'ouïe s'en passe aisément ; et la musique le prouve en permanence. J'ai exagéré avec la musique : elle n'est imbécile que quand on s'en sert pour sonoriser, pour cacher, pour conjurer la peur du silence, qui peut survenir dès que l'on se tait, et on basculerait dans ce gouffre. La musique est imbécile quand elle veut occuper l'oreille distraite ; mais quand elle parle à l'oreille attentive, elle peut dire par le génie de quelques notes ce que le langage clair a du mal à dire, et il ne sait même pas qu'il ne sait pas le dire.

La musique est existence, elle met en mouvement, en rythme, en ordre, et donne à percevoir d'une façon très évidente ce qu'on ne saurait dire clairement. Sans connaître grand-chose à la musique, j'ai toujours écouté Bach, beaucoup, passionnément ; ce mot qui vient tout seul est mal choisi, tant pis je le laisse, parce que justement les *Passions* qu'il écrivit m'ont révélé cette puissance de la musique, m'ont fait sentir intérieurement, sans que je le formule, le tragique de l'Évangile et son retournement.

Lors de la Passion, cet homme marche vers sa mort, debout, en souriant pour rassurer ceux qui l'accompagnent, et nous savons tous qu'il n'en réchappera pas, et c'est poignant, la musique le dit, en une progression dramatique que l'on voudrait interrompre avec de grands gestes des bras pour le prévenir : « Attention, Judas ! Attention, Pilate ! Non ! Pas Barrabas ! » Mais on est emporté avec lui dans l'inexorable ; il sait où il va. En même temps (et cela la musique le peut : exprimer au même instant les sentiments contraires), en même temps que d'avancer vers la mort, la musique rayonne de joie, car cette mort à laquelle il n'échappera pas est une porte vers autre chose, résurrection, lumière, vie, et la musique le dit sans l'expliquer. En écoutant les *Passions* que Bach a laissées, j'en ai le cœur serré de deux façons différentes, d'inquiétude et de soulagement, le cœur serré d'enthousiasme, bien plus peut-être que ne l'imposerait cette musique austère, mais on ne décide pas des serrements de son cœur, il se serre, c'est tout, il sait mieux que nous. Notre corps est une antenne bien plus sensible que nous, si *nous* désigne ce que nous savons consciemment, bien peu de chose finalement.

J'ai beaucoup écouté Bach, et comme j'étais à Leipzig, un peu naïvement je voulus visiter l'église Saint-Thomas, par une sorte d'obligation touristique. J'insistai, et on m'y emmena. Un petit orchestre répétait sur une mezzanine. Le chant s'éleva, et derrière lui le hautbois sinueux, et les fines colonnes du jeu des cordes, qui égrenaient les phrases si reconnaissables. J'entendis ceci, je le reconnus, je voyais le plafond si net peint en blanc, je me dis que c'était merveilleux d'être ici où ceci que je connaissais, ceci que j'écoutais depuis longtemps, avait été joué par celui-là même qui l'avait composé, d'être ici où ceci avait été entendu pour la première fois ; et je fondis en larmes.

Je dus me détourner et m'éloigner, m'asseoir, personne ne s'aperçut de rien, quelques touristes peut-être, mais tout le monde venait pour ça, certains avec des étuis d'instruments à la main, on devait bien s'attendre à quelque syndrome de Stendhal dans la Thomaskirche, et je restai un instant à goûter les phrases si reconnaissables s'élever sous la voûte blanche, que je distinguais à peine, à travers mes yeux plissés pleins de larmes.

En même temps je me souvenais de l'électrophone Teppaz posé par terre, une petite valise dont le couvercle faisait haut-parleur, le tourne-disque sur lequel mon grand-père passait Bach, et je me souvenais de ma mère écoutant

Bach, surtout lui, toute sa vie, ma mère disparue six mois plus tôt, et à ce moment-là, dans la Thomaskirche, j'aurais aimé lui envoyer un petit message, pour lui dire que j'étais là, pour lui dire que j'étais exactement en ce lieu, au lieu d'origine, à l'ombilic du monde, là où Bach que nous écoutions tous avait joué pour la première fois ce qu'il venait juste de composer, et j'en pleurai ; je pleurai, bien plus que six mois plus tôt, avec bien plus de chagrin et de soulagement. Écouter cette musique qui tout à la fois m'étreignait et me libérait me permettait d'entendre ma douleur qui pendant tous ces mois était restée enfouie, cachée dans je ne sais quel coin d'ombre où les larmes gelaient, peut-être parce que Bach que nous écoutions l'un et l'autre, parfois ensemble, transmettait entre nous ce qui ne se disait pas. Bach disait sans le dire ce que je ne pouvais dire, et cela m'avait manqué, et ce que nous n'avions pu nous dire, je l'entendis ce jour-là monter très distinctement sous la voûte blanche de la Thomaskirche.

Puis je séchai mes larmes et rejoignis ceux qui m'avaient accompagné, qui m'avaient laissé m'éloigner un peu car ils étaient venus sur mon insistance, déambulaient tranquillement dans l'église, et n'avaient pas remarqué cette brusque émotion. Et moi, en demandant de venir là, en insistant pour faire cette visite touristique, je ne m'y attendais pas non plus, à cette brusque émotion, je ne m'attendais pas du tout à ce que j'y trouve ce que j'y avais trouvé, que j'y trouve l'expression sans mot du lien douloureux qui me relie à ceux qui m'ont donné naissance, et qui à la naissance m'ont donné sans que je le sache ce goût que j'essaie de suivre, que j'essaie de vivre sans qu'il me pèse.

Et nous sortîmes, pour aller dans les rues pimpantes du centre de Leipzig, toutes repeintes et redorées, laissant derrière nous Bach virevolter sous les voûtes blanches, déployant à mi-mot, seulement à mi-mot mais il ne lui est pas besoin de plus, ce tragique serein de la vie qui avance dans le déjà-là, et qui s'éteindra, bien sûr, dans l'encore-là.

Sentir

Je le dis à nouveau, on ne m'apprit rien. Le domaine de la foi avait, lorsque j'étais enfant, cet aspect inquiétant d'être présent et absent, d'être toujours secrètement là et de n'être jamais dit. Mes grands-parents l'évoquaient de façon elliptique avant de se taire et de me regarder d'une façon intense, en ayant l'air d'attendre que je réponde, mais je ne savais pas à quoi. « Tu n'as pas encore trouvé ? me demanda un jour ma grand-mère alors que nous nous promenions. – Quoi ? dis-je, exagérément naïf, l'air de croire qu'elle me demandait si j'avais retrouvé mes billes, ou je ne sais quel objet perdu, alors que je savais confusément qu'il était question d'autre chose, que je ne voulais pas vraiment que l'on précise. – Un signe... », dit-elle avec comme un soupir, regardant ailleurs, et cela finit la conversation, où rien n'avait été dit, mais tout était là sans qu'il soit nécessaire de le préciser, tant nous savions tous les deux de quoi il était question, tout en l'ignorant. Mes parents me tenaient éloigné de la foi, pour des raisons sur lesquelles il n'est plus temps maintenant de les interroger. Mais même si je l'avais fait, je doute qu'ils aient pu m'en dire quoi que ce soit de très clair. Mes parents me tinrent éloigné de cela qui pesait sur nous, sans mots, et qui, pour cette raison même ne disparaissait pas de notre vie. Je n'eus en ce domaine aucune culture ; et quand on n'a pas de culture, on fait avec ce qu'on a ; et qu'a-t-on d'autre que ce corps sensible ? Qu'a-t-on d'autre en ce monde-là que son propre corps que l'on emporte partout avec soi ? Qu'a-t-on d'autre que ce corps, qui est notre monde propre, capable de sentir ce qui l'agite, de sentir ce qui l'entoure, et qui fait parfois le lien entre les deux – parfois ? Notre corps a ceci de merveilleux qu'il est capable de sentir ce qu'il ne sait pas, et il est en cela le plus merveilleux instrument de connaissance que l'on puisse imaginer. On dit la sensation trompeuse – peut-être. Mais sans elle que serions-nous, sinon un bavardage errant ?

Sentir est un mot double : il désigne l'action de l'olfaction, la perception des odeurs, qui sont les molécules volatiles qui flottent sans qu'on les voie, qui entrent en nous avec l'air que l'on respire, et sentir permet de les identifier; mais il désigne aussi l'acte de tous les sens en général, l'acte de percevoir en soi, à croire (et il faut croire l'usage des mots puisqu'on les utilise) que l'olfaction est le plus global, le plus parfait de tous les sens, et que les autres n'en sont que la déclinaison sur un mode particulier. Pourquoi pas. Et les sens que l'on ne possède pas, on les désigne aussi par sentir : sentir la présence, dit-on, alors qu'il n'est pas d'organe pour le faire, sentir l'autre, sans que l'on précise comment, sentir le temps qui passe, alors qu'on n'en sait pas le moyen, sentir l'existence elle-même. Comme si notre rapport au monde était une olfaction générale. Ou comme si le sentiment procuré par le parfum était une présence totale à ce monde dont nous faisons partie. Les deux, sûrement.

Ce sens de l'olfaction est l'un des plus archaïques, aussi vieux que celui du goût : quand nous étions petites choses rampantes dans les eaux précambriennes, nous réagissions déjà aux molécules flottantes. Pour voir et entendre, il faut que soient construits d'extraordinaires instruments de chair, mais pour sentir, la cellule vivante elle-même y suffit. Et notre organe de l'olfaction, la petite muqueuse baignée de mucus à l'abri de notre nez, est en prise directe sur notre cervelle, et les messages qu'il envoie s'imposent brutalement à notre entendement, sans filtre, plus rapidement que les images, plus rapidement que le langage. C'est ce que les neurologues disent, et bien qu'il faille se méfier des neurologues, souvent prompts à l'explication définitive à partir d'une image floue, c'est bien la métaphore de ce qui se passe. On le sent bien.

Quand on ne se souvient plus bien de ce que l'on a vécu, quand le visible et l'audible ont disparu du réel, et que leur souvenir s'est désagrégé au point que l'on ne conserve plus rien qui soit reconnaissable, alors l'odeur, comme un philtre transtemporel, est le dernier lien avec ce qui n'est presque plus, avec ce qui est en nous pourtant, mais qui n'est plus disponible sous forme d'images ou de mots. Je le sais bien, j'ai lu Proust, mais ce qui caractérise le sentir c'est de venir brutalement avant que l'on y pense, avant toute culture, avant tout récit, et la présence est brutalement là, sans prévenir, sans mots pour l'amortir. Les mots viennent après, en flots.

Ainsi je revis la maison où j'avais passé une part de mon enfance, part pleine de joies secrètes et d'ombres pesantes. Mon grand-père qui l'habitait l'avait rénovée de fond en comble après la mort de son épouse. Il me la fit visiter ensuite, et c'était une impression étrange car si le volume et la disposition des pièces étaient les mêmes, tous les détails qui faisaient ma vie d'alors avaient disparu. Le mur à demi ocre de la chambre où je dormais, car on n'avait jamais fini de le peindre, les silhouettes d'oiseaux tracées par l'une de mes tantes de la même couleur sur la partie laissée en blanc, tout avait disparu sous une couche de blanc moderne, un revêtement de verre tissé et de la peinture brillante, et la chambre avait été transformée en salle de bains par l'installation de deux lavabos et d'une cabine de douche. La terrasse était devenue une cuisine, et les toilettes un débarras, la petite pièce sans usage précis – et qui servait justement à ne pas en avoir – était devenue des toilettes. Je ne reconnaissais rien, aucun lieu. Nous montâmes au troisième étage, l'escalier craquait, bien plus qu'avant car il était plus vieux, et moi plus lourd, mon pas adulte excédant de loin mon trottinement d'enfant. La salle de bains était devenue moderne, la baignoire d'acier émaillé à pattes de lion n'y était plus, remplacée par un parallélépipède lisse sans trace d'oxydation, et je ne reconnaissais rien, juste la disposition des pièces, juste la place des fenêtres, mais les huisseries en plastique avaient remplacé le bois fendillé dont la peinture s'écaillait. J'allais désolé dans cette maison redevenue neuve, ne retrouvant rien de mon enfance, faisant des compliments raisonnables sur la rénovation, qui rendait tout plus pratique et devait faire faire des économies de chauffage. Au dernier étage où les travaux n'étaient pas finis, mon grand-père ouvrit une dernière porte et soudain mon enfance me saisit brusquement, violemment, le parfum de la pièce m'envahit, j'en titubai, pris d'une brusque ivresse, envahi d'une telle intensité de sensations que toutes les ressources de mon corps y étaient consacrées, négligeant un peu l'équilibre. Le parfum exact de mon enfance était ici, intact, total, et je le sentais. J'y étais. Je ne peux dire mieux. Le parfum de la part de mon enfance passée dans cette maison, avec ses odeurs de poussière, de volets clos chauffés de soleil, de vieux papiers entassés et de bois, ce parfum où passaient des ombres mouvantes qui étaient des présences, je le reçus d'un coup, totalement, en un instant sans durée qui contenait tout le temps passé là, toutes les années d'enfance qui durent bien plus longtemps que des années d'adulte. Je ne sais pas ce que je sentis, et je ne peux vraiment le décrire, mais cela m'était rendu, la totalité du temps en tous ses aspects, en ouvrant cette porte et en faisant un pas, un seul pas qui m'en fit franchir le seuil. Tout ce qui avait disparu partout ailleurs dans la maison rénovée était là, réellement, physiquement puisque j'en titubais, mais sous une forme insaisissable. Et puis cela commença à disparaître aussi, comme une vague qui se retire des rochers qu'elle a brusquement recouverts, car au parfum on s'habitue vite, et s'il persiste autour de nous, on ne le sent plus.

Vacillant sur le seuil, j'étais tout à la fois homme mûr et petit garçon, deux corps précis que je sentais bien, en même temps, l'un et l'autre en un seul corps ; mais un corps déformé, se déployant dans le temps qui est notre monde véritable, corps présent non pas dans l'instant mais dans un espace de quarante ans de long, et dans tous les instants de ce long espace – je dis *espace* faute d'avoir un mot qui désigne le lieu d'existence – présent totalement dans chacun de ces petits instants, vivant ma présence paradoxale dans toute l'étendue du temps, en même temps. C'est difficile à énoncer mais c'est là notre vraie présence. Le sentiment d'être dans l'instant présent est une forme d'aveuglement, une réduction, c'est voir seulement ses pieds parce qu'on a les yeux baissés, et si on relève un peu la tête, c'est tout le paysage qui est là tout entier, l'avant et le pendant mêlés, bien plus grands que le petit instant, et le petit instant en fait partie, et on en fait tout entier partie.

Le parfum, étrangement, donne accès à cette vie plus grande qui est la vraie, notre vie dans le temps qui est insaisissable. Insaisissable car notre vision qui rassure, notre langage raisonnable qui dit point par point et dans l'ordre ne sont pas adaptés à en rendre compte de façon stable ; ils peuvent nous l'indiquer mais pas nous le dire ou nous le montrer en permanence. Mais peu importe la permanence, il suffit d'expérimenter que c'est là, de le sentir, et de savoir que l'on peut y revenir.

Plus tard dans la journée, et d'autres jours ensuite, je remontais à ce troisième étage par l'escalier qui grince, j'arrivais devant la porte de cette pièce qui n'avait pas été repeinte, hésitais, et d'un coup je l'ouvrais. L'odeur était là, mais moins ; moins riche, moins forte, filtrée sans doute par mon attente trop précise, trop avide, obscurcie par la représentation que j'en avais, troublée par ce que je venais chercher, et que donc je ne trouvais pas. Je ne retrouvais pas le choc très brutal qui m'avait fait vaciller sur le seuil. Les parfums sont l'extrême présence, qui s'impose par surprise, et ils emportent d'autant plus qu'on ne s'attend à rien, que notre cervelle est à nu sans son voile de mots. Les parfums sont la présence ; ou autrement dit, la présence est de la nature des parfums.

En rédigeant ceci, je me suis souvenu du détail qui avait déclenché ce récit, ce détail qu'au début je voulais raconter mais qui m'était sorti de l'esprit, chassé par ce souvenir du parfum brusquement revenu de la maison de mon enfance. C'était aussi un récit de parfum, souvenir de lecture celui-là, qui me semblait correspondre à ce que je voulais dire : au matin de Pâques, quand les saintes femmes arrivent au jardin, elles trouvent le tombeau ouvert, la pierre qui le fermait poussée sur le côté, le linceul vide, un jardinier un peu à l'écart, et dans le tombeau un parfum lourd et fleuri. Ce petit récit me semblait parfait : son corps n'est plus là, sa présence est parfum, et cela seul reste dans le tombeau, et elle s'en échappe doucement par la porte ouverte. Je suis allé quand même vérifier, pour voir comment cela avait été formulé, pour trouver dans les mots utilisés un détail de plus qui m'aurait permis de développer encore ; mais en lisant, rien. Il n'était pas question de parfum dans ce tombeau vide, aucune trace de ce parfum dont j'étais persuadé, et qui allait si bien dans mon histoire. Marie de Magdala apportait ce jour-là des aromates pour préparer le corps.

Voilà-ci donc le récit : le parfum n'était pas là, mais on l'apportait pour préparer le corps. Ce qui n'est pas ce dont je me souvenais, même si cela ne change rien aux propriétés du parfum, au mystère de la présence, et à l'événement de la résurrection.

Cela me fit rire encore une fois, tous ces faux souvenirs dont je suis peuplé, toutes ces approximations pleines de fuites, que je tente de rassembler et de reconnecter en permanence sous forme de récits, comme un technicien du téléphone plongé dans sa boîte à fils qui tâche de rabouter des conversations qu'un court-circuit a interrompues. On ne peut pas faire confiance à l'esprit d'un romancier, qui invente faits et citations à mesure de ses besoins, en étant persuadé dur comme fer qu'il dit le vrai. Et quand le texte, qu'il pensait avoir lu, ou un enregistrement quelconque, qu'il croyait avoir entendu, lui démontre qu'il n'a fait que rêver, eh bien il a encore la force, le culot, l'impudence de démontrer que son rêve n'est pas si faux, et que les détails du réel peuvent être reliés d'une autre façon par le rêve, en une histoire plus grande encore. Face au réel, le romancier est sans vergogne. Il en rajoute. Mais peut-être est-ce pour cela que l'on écrit des romans, et qu'on en lit.

Si le parfum est présence, si la présence est une forme de parfum, qui envahit et entoure, qui est une matière volatile, invisible, mais sensible, qui imprègne une portion d'espace aux limites assez floues mais dont la proximité provoque un trouble, alors le *Ne me touche pas* qui fut prononcé à cet instant tombe sous le sens. Il est ressuscité, il est là sans être là, revenu des morts, présent chez les vivants mais encore plus que les vivants, et le toucher n'est pas possible, bien qu'il soit réellement là. Sa présence plus que présente a la nature d'un parfum, d'un parfum si intense qu'on le voit et qu'on l'entend. On le sent, car sentir signifie l'ensemble des sens, il est donc là. Et s'approcher un peu plus jusqu'à le tenir ne servirait de rien, car cette forme-là de présence que j'assimile à un parfum est la plus intense et la plus profonde qui soit. Plus, on ne pourrait pas. On se contente de sentir, et cela signifie tout.

C'est Marie de Magdala qui ce jour-là apporta du parfum pour préparer le corps. Peu importe la confusion de mes souvenirs d'érudit incompétent : cela raconte, et je veux encore le répéter, que la foi, la confiance en la présence, ne vient pas du dehors mais du dedans, ne vient pas de l'on ne sait quelle apparition mais du regard lui-même, ne vient pas de ce que l'on trouve dans le tombeau ouvert mais de ce que l'on apporte dans une jarre bien fermée, que l'on serre contre son cœur en allant jusqu'au tombeau au matin de Pâques. Pour utiliser l'image de l'eau, si présente dès qu'on parle des choses de l'esprit, l'eau vive de la foi n'est pas une averse qui vous surprend alors que vous pensiez à tout autre chose, elle est une source, une source intérieure qui jaillit et qui comble, qu'on l'ait cherchée ou pas. Si on tient vraiment à l'idée de la révélation, si l'on tient à ce que la foi soit une brutale averse qui surprenne celui qui allait son chemin sans se douter de rien, eh bien ce que révèle cette averse, aussi inattendue que l'on veut, ce sont les parfums de la terre, de l'herbe, des feuilles, qui étaient déjà là avant qu'il pleuve, enfouis en leurs matières respectives, et l'eau du ciel, vive et tiède, les libère d'un coup. Ça aussi, cela convient comme image, tant qu'est conservée l'idée précieuse d'une présence volatile et prégnante, plus large que cette contracture de l'ici et maintenant pour laquelle on a un goût absurde, tant que demeure l'idée que ceci que l'on sent on l'apporte ; que ceci que l'on perçoit brusquement était déjà là, déjà disponible à qui soudain le sent, qui s'en trouve alors tout transformé.

J'essaie de comprendre quelque chose qui est là, qui ne se voit pas, mais qui agit. Comme ce qui *soulève le coin du tapis, sème le désordre parmi les autres carpettes, fait voler en l'air les autres brindilles et les herbes sèches, onduler l'eau du bassin, et danser les arbres, les branches et les feuilles,* dit Rûmî. Et de l'expliquer : *Tous ces états apparaissent différents et distincts, mais du point de vue de l'intention, de l'origine et de la réalité, il s'agit d'une seule et même chose : le mouvement provient du vent.* J'essaie de comprendre ce qui est, et comment le sentir, puisque notre sens le plus fidèle et le plus habituel n'est pour cela d'aucun recours.

Alors j'invente des images qui permettent de comprendre, comprendre au sens d'éclaircir pour l'entendement, mais aussi dans le sens d'inclure, pour que ceci que je cherche je puisse enfin l'atteindre, que je puisse m'étendre jusque-là, et que ceci fasse partie de moi, et que j'en fasse partie, et qu'ainsi je devienne un peu plus grand que moi, car j'ai besoin de ça, être un peu plus grand que moi, tant je me sens contraint dans les limites qui sont les miennes, qui sont celles de tout homme constitué de la même façon. J'éprouve parfois d'être plus grand que ça, relié à autre que moi, et aussi à tous les autres qui m'entourent, et ces moments-là me redonnent vie, m'empêchent de sécher comme de l'argile à l'air, de devenir friable et cassant comme le devient la créature désertée de son créateur. Il est heureusement une source d'eau vive au plus profond de mon corps qui maintient mon argile humide et empêche qu'elle ne s'effrite. J'espère sentir l'argile mouillée, comme un fleuve qui s'écoule, sentir le mouvement fécond plutôt que la poussière, je tâche de me guider par ce sens-là, car je ne suis sûr de rien.

Je ne dis pas que ce dont je parle, le *ceci* qui est l'objet de la foi, le ceci en quoi j'ai confiance, je ne dis pas que ceci est un parfum. Je dis que le parfum existe d'une façon paradoxale par rapport à notre sens principal qui met en forme notre vision du monde ; je dis que le parfum existe d'une façon paradoxale mais réelle, qui permet d'une façon figurée d'approcher l'existence de *ceci* que je cherche à comprendre. Mais il est d'autres figures, une multitude, qui permettraient de le faire sentir tout aussi bien.

Souvent je vais dans les musées de peinture car on y voit des images ; elles sont des sources infinies de rêveries toujours renouvelées, dont je ne me lasse pas. Mais un des musées que je préfère est celui du quai Branly, qui montre les Arts Premiers. On les appelle comme ça parce qu'on ne sait pas quoi dire, disons que c'est l'art avant l'invention de l'artiste, et ce musée rassemble les objets que des hommes ont produits pour des tas de raisons diverses, que les conceptions modernes de l'objet d'art ne comprennent plus très bien.

Dès que l'on fait quelques pas dans son jardin touffu, on n'est plus dans la rue, le bâtiment est en l'air, on est ailleurs. Dedans il fait sombre, on monte en pente douce par une galerie courbe dont on ne voit pas la fin, dont on se demande comment elle peut tenir dans un bâtiment clos tant on accumule de pas sans savoir où l'on va. Et au bout, dans la pénombre, m'attendent patiemment de grands masques mélanésiens faits de branchages, d'os, et de plumes. Ils me regardent avec leurs yeux énormes, avec leur bouche toute ronde, et ce n'est pas une erreur de ma part, la bouche aussi me regarde avec un inquiétant appétit, ce sont des masques magiques qui tout entiers me regardent. J'avance avec précaution entre eux pour ne pas les déranger, je les examine avec émerveillement en m'excusant poliment de tant d'insistance. Chacun a été fait selon des règles très précises, qui renvoient chacune à des récits dont je ne connais pas le premier mot, des rituels que j'ignore, des croyances, des visions, et une certaine conception de l'organisation du monde dont je n'ai aucune idée, et je m'en moque absolument. Simplement, quand dans l'ombre m'attend un masque papou et qu'il me regarde, je frémis jusqu'au fond de ma poitrine et jusqu'au bout de mes intestins. Ces objets que je vois exposés dans la pénombre sont réduits par mon ignorance à leur pure beauté, mais leur beauté justement explose en moi, et ce que je ressens m'assure de les reconnaître. Ces hommes dont j'ignore tout, dont je ne connais ni la langue ni la pensée, ont construit de grands masques qui me font trembler, qui parlent à quelque chose en moi que je sais à peine mais qui est là, quelque chose de très ancien, profond, archaïque, à propos de la nature de notre corps, de mon corps propre, séparé et relié, quelque chose de ma présence d'homme en ce monde-ci, qu'ils comprennent bien, ceux qui ont fait ces masques, et que je comprends aussi, moi qui les regarde, car à une certaine profondeur nous sommes pareils. Je ne sais rien d'eux, mais nous avons en commun au plus profond de nous-mêmes d'être de grands primates parlants, inquiets, jetés dans la forêt trop grande pour nous, et tremblants de tout, mais touchés par moments de cette brusque lumière qui nous fait nous comprendre les uns les autres, qui nous fait comprendre que nous sommes ici, vraiment, et qui nous fait brièvement comprendre ce que c'est que cet ici, sans jamais nous souvenir exactement de ce que nous avons vu.

Je ne connais rien des mythes papous ni de leurs rites, mais l'émotion esthétique me relie d'un coup à ces hommes que je ne connais pas, et je sais que quelque chose en eux est exactement semblable à ces choses en moi qui me donnent vie, quand bien même nous essaierions de nous l'expliquer, nous n'y verrions que des différences indépassables. Mais ce sera seulement la multiplicité des langues qui produira des obstacles. L'émotion esthétique est une porte, une porte ouverte en moi qui me permet de me défaire de moi, me mène à l'ensemble de l'humanité, une porte vers le monde tel qu'il est et tel qu'il m'accueille, une porte pour contempler brièvement ce qui donne vie à tous, et qui m'entoure de sa bienveillance. L'émotion esthétique est une ivresse qui permet de sentir ce qui n'apparaîtrait pas si je restais sobre. Il est sûrement d'autres portes, mais j'ai emprunté celle-ci, elle s'ouvre bien, je sais où elle est, je l'ouvre quand je veux, et ce que j'ai trouvé derrière est plus que ce que j'attendais. Sentir d'être contenu dans plus grand que moi, d'être lié à tout autre que moi, me libère de cette crispation qu'est le moi, et me donne simplement vie.

Ceci, difficile à saisir, difficile à comprendre, difficile à dire directement en dehors de caricatures, on peut tenter d'en rendre compte en usant de l'esthésie, en usant des capacités sensibles de notre pauvre corps. Ce n'est pas un refus de la pensée claire, mais la pensée claire ne peut offrir que ce qu'elle a. L'esthésie de notre corps est une pensée large et diverse, et la fulgurance esthétique que provoquent les images et les figures sont une porte possible vers la compréhension de ceci dont je parle depuis un moment. L'expérience du sensible, l'expérience fulgurante du beau, qui est la forme claire et puissante de ce sensible, est ce qui me donne accès à ce que je ne saurais concevoir par des idées méthodiquement agencées. L'expérience esthétique peut me montrer ce en quoi j'ai foi, sans s'y confondre, juste m'y emporter. Quand on n'a pas de culture, on fait avec ce qu'on a : on tâche de sentir.

Toucher

À Rome, dans une chapelle de l'église Saint-Louis-des-Français, on peut voir trois tableaux du Caravage : vocation, inspiration, martyre. L'inspiration est merveilleusement peinte, on y voit saint Matthieu debout devant une table, le genou sur un tabouret de bois, écoutant l'ange au-dessus de lui qui vient lui souffler à l'oreille ce qu'il doit écrire, rien de moins qu'un évangile ; ils ne se touchent pas, ils se regardent d'un peu loin, c'est beau, et un peu froid pour un Caravage ; mais ce tableau est une deuxième version, la première avait été refusée car *troppo naturale*, pensez donc, saint Matthieu y était assis, jambes nues, l'ange enlacé assis sur ses genoux, la main adolescente de l'ange sur sa grosse main d'homme mûr tenant un crayon, la guidant sur la page : l'inspiration y était radicalement incarnée ; du coup la deuxième version est ce que le commanditaire pouvait attendre, un peu pincée. Mais ce n'est pas sur ce tableau de la distance imposée que j'attire votre attention ; sur le martyre non plus d'ailleurs, le tableau accroché à côté sur lequel on pourrait écrire des pages enthousiastes à propos du théâtre du martyre, car c'est le Caravage, mais ce n'est pas du tout notre propos ; c'est devant le troisième tableau que je m'arrête : *La Vocation de saint Matthieu* est dramatique et douce, et on ne se rend compte de son prodige qu'après un moment. On voit, saisi en vol, l'explosion d'un appel spirituel, alors que ce tableau ne montre que des corps, des corps merveilleux tels que le Caravage savait les peindre. Il montre la foi au moment où elle surgit, mais sans rien montrer de surnaturel, en utilisant la seule représentation physique des corps humains.

On voit Matthieu et ses aides, à table, en train de compter l'argent qu'ils ont récolté car il est collecteur d'impôts ; une lumière les éclaire, deux hommes sont dans l'ombre, l'un tend la main ; et voilà. Ce que je cherche à dire est précisément dans ce tableau : la vie éternelle, déjà présente dans la vie tout court.

Le geste de la main désigne Matthieu. Suis-moi. Incrédule, muet, Matthieu se demande si c'est à lui qu'on parle. On ne parle même pas d'ailleurs, on le désigne. Il se demande ce qu'on lui veut, mais il le sait déjà, son étonnement profond le montre, tous les autres sont simplement dérangés dans leurs tâches, agacés ou indifférents.

Il est ébahi de ce qui arrive, car en quoi avait-il besoin qu'on l'appelle, qu'on le désigne, qu'on l'éclaire ? Il avait tout ce que l'on peut souhaiter, cet homme mûr, tout ce que peut souhaiter un homme mûr, un homme fait, dit-on : de l'argent, il a encore la main dessus, il en a assez pour devoir passer du temps à le compter, et il fréquente de jeunes *ragazzi* au visage lisse mais l'épée au côté, vêtus de soieries aux plis nets, aux couleurs vives, et l'un d'eux même, le plus poupin, avec une moue méprisante délicieusement de son âge, s'accoude nonchalamment à l'homme mûr, et se demande bien ce que c'est, ce qui appelle et dérange le vieux. Pas grand-chose, de la lumière.

La lumière vient du dehors, probablement d'une fenêtre qu'on ne voit pas, peu importe, elle est là, elle est lumière en soi, directe et droite, elle fait jaillir les corps de l'ombre. Le tableau montre un coup de théâtre, dramatise intensément son récit, figure le nouement brusque d'une histoire : la vocation. Suis-moi. Ceci est surnaturel, mais il n'y a dans ce tableau aucune marque de surnaturel. Tout est d'un réalisme pointilleux, physique, sociologique, psychologique. C'est Rome 1599, un type qui a réussi, entouré de beaux *ragazzi* qui le serrent de près, qui compte l'argent qu'il récolte en abondance ; et vient de la lumière qui l'éclaire, lui précisément, et cette lumière l'ébahit.

Le Christ n'apparaît que par son visage à peine visible dans l'ombre, visage banal et doux, il apparaît par son manteau anachronique et ses pieds nus sur le sol, ce qui n'est pas la façon de se vêtir à Rome en 1599, et par son doigt, pointé dans le large rai de lumière, geste élégant et précis qui redouble celui de Dieu dans la Sixtine. Mais si là-bas Adam connaît son rôle, et accepte sans barguigner d'être le premier animé, ici, dans la chapelle latérale de Saint-Louis-des-Français, Matthieu n'y croit pas, n'en croit pas ses yeux, mais en lui-même il bouillonne brusquement. Il se demande ce que c'est, car il n'est ici que des corps. Seul trait surnaturel de tout le tableau, un trait justement : l'auréole du Christ vue de profil, un trait de lumière plus lumineux que la lumière du dehors, tout petit, à peine visible, un reflet peut-être, et le faisceau qui éclaire Matthieu pourrait en venir. Il pointe son doigt sur sa poitrine, se désigne pour être bien sûr : Qui ? moi ?

Il n'est pourtant rien de surnaturel dans toute

cette scène, mais il sait. Il sait que quelque chose se passe, ce n'est pas sûr, il n'y est pas préparé, il n'y a aucune preuve de rien, il n'est besoin que d'y croire. Il est brusquement éclairé, d'un trait de lumière direct qui oriente toute la scène, la dramatise en donnant une place théâtrale à chacun, donne sens à ce moment-là de sa vie, et aussi à sa vie d'avant et à celle d'après, sans qu'il soit plus question de temps ; la lumière radicale et le geste élégant du Christ, confondus, figurent une manifestation de la lumière. Rien de plus banal, qui arrive chaque jour, et c'est un événement surnaturel.

Le Caravage en général ne montre que des corps, et par la seule organisation de la lumière, il les fait participer à des récits de violence, d'érotisme, et de foi. Car les corps peuvent cela, il n'est même qu'eux qui le peuvent, bien que cela ne se voie pas, bien que cela on ne puisse le déduire par une stricte mesure de leur forme et de leur masse. Ce qui peut le dire ce n'est que la mise en scène, et le récit.

Si on sort et que l'on va un peu plus loin, jusqu'à Santa Maria del Popolo – ce n'est pas tout près, mais à Rome il faut marcher –, on découvre d'autres tableaux du Caravage. Ils sont dans une petite niche, qui ne s'éclaire que si l'on met des pièces, devant une petite foule qui essaie de les photographier de biais en se bousculant, c'est agaçant, mais ce qui est montré est si fort, si immédiatement dramatique qu'on le saisit en un coup d'œil et même de biais, avant que les lampes ne s'éteignent et que quelqu'un remette une pièce. Ce peintre portait au plus haut le génie de la mise en scène de la Contre-Réforme, ce sens du théâtre, ce sens du récit destiné à emporter, en force et collectivement, pour contrer cette nouvelle conception du vrai à laquelle menait la lente et patiente introspection huguenote.

Sur la droite on voit saint Paul sur le chemin de Damas, brusquement renversé, jeté à terre, gisant sur le dos, les yeux clos. Il étend les bras comme lorsqu'on veut embrasser quelqu'un et le serrer contre soi, mais entre ses bras il n'y a rien, simplement plus loin est un cheval debout vu par-derrière, un cheval à moitié obscur qui occupe les deux tiers du tableau, un cheval colossal dont on voit la croupe géante, et on ressent devant ce tableau ce que l'on ressent devant un cheval : il est une masse énorme de chair vivante bien plus grande et bien plus forte qu'un être humain, une masse de muscles, frissonnants de souffle, vibrants d'impatience, il est un corps géant, il est la part animale.

Paul est éclairé d'une certaine façon, le cheval est éclairé d'une certaine façon, et on en déduit, ou plutôt on sent brusquement, tant nous avons une perception immédiate de l'éclairage, que la lumière se trouve dans l'espace vide entre Paul renversé et son cheval. Ce que Paul étreint sans le saisir, c'est ce qui occupe le centre du tableau et que l'on ne voit pas – lui encore moins car il a les yeux clos –, c'est une boule de lumière, une boule centrale, impalpable, mais qui éclaire tout et dont on voit les effets sur les corps. La lumière qui éclaire violemment la scène vient de là que Paul veut étreindre. Le cheval débonnaire est resté debout, il regarde vers le sol, Paul en est tombé, il étreint la lumière qui l'a renversé, il ne souffre pas. La lumière, dont on ne sait la présence que par ses effets sur les corps, remplace le lourd cheval vivant qu'il étreignait entre ses cuisses de cavalier, son rôle est terminé, et il regarde son maître à terre, son maître emporté, qui a trouvé la monture lumineuse qui lui fallait.

Le Caravage ne montre que des corps et la lumière qui les éclaire, et cela suffit à représenter la foi, foi en ceci qui ne se voit pas, qui ne se manifeste en ce monde que par ses effets sur les corps. La lumière éternelle est déjà présente, et elle fait sortir de l'ombre, elle révèle, organise, dramatise, et ce monde chaotique et obscur, peuplé de chevaux trop grands, de palefreniers rustiques qui ne comprennent rien à la chute sur le dos du beau jeune homme, prend enfin sens, et tout devient scène, claire et ordonnée, ordonnancée selon les règles du récit, qui met en perspective, qui met en lumière, qui donne vie.

Il est étrange que ce corps qui est nous soit si négligé, il est étrange que nous puissions dire que nous avons un corps, car on se demande alors qui est ce *nous*, et on ne comprend pas bien son mode d'existence On lui croit des lourdeurs, des limites, on croit pouvoir s'en passer, on le maltraite, ou on le soigne assez stupidement, ce qui est peut-être pire. On le traite comme un animal familier un peu collant, trop proche, toujours là, affamé, parfois agressif, toujours baveux, plein de besoins inutiles dont on se demande d'où il les sort, animal à la présence obsédante que l'on espère pouvoir renvoyer au panier pendant que nous, son maître, situé en on ne sait quel esprit, nous pourrions enfin nous livrer à des tâches sublimes sous la lampe.

Et pourtant nous n'avons pas d'autre lieu, nous n'avons que ça, nous sommes ce corps, il est nous, ce corps, et il est capable de Dieu.

Ce corps que nous sommes est tout chair et tout esprit, totalement l'un et totalement l'autre, il est la féconde intersection des deux mondes dans lesquels nous vivons, celui de la matière et celui de l'esprit. Quand je dis *esprit*, je n'imagine rien d'autre que l'agitation d'idées qui nous occupe en permanence. Peut-être n'est-ce que l'activité neuronale, mais peu importe, on ne peut la décrire en termes d'activité neuronale, malgré les rodomontades d'une neurologie plus simpliste qu'elle ne veut l'admettre. Dire que l'esprit n'est que circulation de messages le long des neurones serait un peu comme d'affirmer que le voyage n'est qu'agitation de pistons dans le moteur qui fait tourner les roues. Le voyageur prétendrait qu'il est allé quelque part, et on lui rétorquerait que ce n'était qu'agitation de pièces, rotation de roues, toutes choses parfaitement explicables. « Mais bien sûr qu'on peut l'expliquer ! dit le garagiste. – Mais je suis allé quelque part ! » protesterait le voyageur. Et le garagiste hausserait les épaules en souriant, puis il montrerait ses mains pleines de cambouis, des mains fières du travail effectué. L'autre raconterait son voyage. Le décalage serait sans issue.

L'activité cérébrale conditionne l'activité mentale, soit, mais l'activité mentale met en forme la matière cérébrale, tout autant. Étrangement, la pensée, la simple pensée impalpable, fait pousser sous notre crâne les prolongements sensibles de nos neurones, multiplie les contacts, crée matériellement les synapses, et les stabilise. L'idée met en forme la matière, ce qui n'est pas une billevesée de fakir, mais une observation neurologique. Du coup, comme chez le si romanesque Descartes, le corps amphibie vit dans deux mondes, le corps, l'esprit, chacun ses règles, chacun ses lois, et chacun un type de description qui lui est adéquat. Mais au contraire de chez Descartes, ces deux parts de l'homme sont intrinsèquement fusionnées, elles ne vont pas l'une sans l'autre, elles interagissent et se conditionnent l'une l'autre.

Le mieux que je puisse dire, j'y reviens, c'est que le corps est l'intersection de deux mondes. Comme les images que l'on voit sur un écran d'eau, qui sont l'intersection entre le rayon lumineux que l'on projette, invisible tant qu'il ne rencontre rien, et l'écran de gouttelettes que l'on projette perpendiculairement, invisible tant qu'on ne l'éclaire pas. À l'intersection des deux apparaissent des images fluides, profondes, un peu tremblantes, qui ne sont ni de la lumière ni de l'eau, mais des deux à la fois. Ainsi est notre corps, intersection fluide et changeante de la lumière qui se projette, comme dans le tableau du Caravage, et de cette masse d'eau molle que nous contenons tant bien que mal dans l'outre de notre peau, et qui d'un coup, comme dans un tableau du Caravage, sort de l'ombre, apparaît, se révèle, réfléchit la lumière, et fait le récit de soi dans cette clarté. Suis-moi. Ceci et ceci – j'utilise deux fois le même mot car c'est au même endroit – qui n'existent pas séparément, ou du moins n'apparaissent pas l'un sans l'autre, donc existant chacun pour rien en attendant l'autre, une fois rassemblés donnent naissance à la plus grandiose, la plus fragile, la plus immense des architectures.

Je rétablirai ce temple en trois jours, dit-il. Et ils comprirent qu'il parlait du temple de son corps. Et ainsi le nôtre, notre corps sentant et pensant, notre corps parlant, capable de cette confiance qu'est la foi.

Qui ? Moi ?

Il y a un grand malentendu quant au corps dans le monde chrétien ; malentendu qui vient de loin semble-t-il, dès les premiers temps où les anachorètes stylites allaient dans le désert en mangeant des scorpions, en attendant l'autre monde dans une grotte ou au sommet d'une colonne. Depuis, on voit spontanément le corps comme pesant, inutile, ou souffrant. L'adoration des plaies du Christ, de plus en plus réalistes à mesure qu'évoluaient la peinture et la théologie, n'a pas arrangé les choses.

Un philosophe des sciences que je ne dénoncerai pas, réfléchissant à la médecine, finit par définir la santé comme étant le silence des organes. On fit grand cas de sa trouvaille, la répétant beaucoup. Pauvre épistémologue ! C'est bien là l'expression la plus radicale de ce rapport au corps dont nous souffrons. Un bon corps est un corps muet, un corps que l'on ne sent pas ; et quand on le sent, donc, c'est par la maladie, par la souffrance, et le discours sur le corps n'est plus qu'un discours médical, ou sportif, ce qui n'est pas très différent. Tant qu'on n'entend rien, tout va bien. Et le sourd serait heureux ? Et aussi l'aveugle ? Quelle horreur ! Comment comprend-il alors, cet épistémologue, son corps ému, son corps palpitant, son corps jouissant ? Comme une maladie ? Peut-être Le pauvre.

Il y a pourtant dans le christianisme une pensée profonde de l'incarnation, qui dépasse le petit domaine de la souffrance, même si ce petit domaine est celui où l'on est enfermé quand on souffre. La souffrance, comme on l'entend, c'est ce qui submerge, c'est ce dont on ne parvient pas à sortir, mais étrangement le premier sens du mot *souffrir*, quand il apparut dans notre langue, fut celui de *supporter*, dans le sens très actif et très droit de porter, porter un poids, même s'il est lourd. Être obsédé par le corps souffrant, le sien, celui des autres, celui du Christ, rend difficile l'accès à la joie. Faire disparaître le corps fait disparaître au même moment l'esprit. Sans corps, sans le corps sensible et vibrant, pas de perception de Dieu, ne reste plus alors que l'affreux psittacisme procédurier de ceux qui répètent ce qui est écrit dans le livre, l'apprennent par cœur au mot près, leur corps réduit à leur voix, et qui appliquent à la lettre ce qu'ils ânonnent ; cela n'est pas l'esprit. Mon corps pétarade ? Tant mieux. Le corps est lieu de la chute, et exactement en même temps, il est lieu de l'élévation.

Dieu n'est pas souffrance, il est joie. On n'adore pas les souffrances du Christ, on les considère, on les surmonte, c'est lui qui les porte ; et il ouvre à la joie au-delà de ses souffrances. On ne porte pas les souffrances du monde, le Christ le fait, il les supporte, il nous en libère ; alors libérés et heureux de notre corps encore vivant, nous essayons humblement de donner joie.

Je comprends mal cette notion de corps pesant ; je sais bien que je pèse, le parquet me le dit quand je marche, la chaise grince quand je m'assois, le matelas fait un creux qui ne disparaît plus quand je le retourne et le tapote, je sais bien que je pèse car la machine sur laquelle je monte me le dit avec son écran narquois à cristaux liquides : je pèse même un peu trop

Mais le corps vivant n'est pas un poids ; il n'est pas un volume en trois dimensions pourvu d'une masse, comme le serait un baril en plastique rempli d'eau : le corps vivant est fondamentalement un feuillet, en deux dimensions, mais replié et superposé jusqu'à occuper un volume. Le corps vivant, le nôtre, celui que nous sommes, est un origami de feuillets sensibles. Ce n'est pas une élucubration, mais une observation très objective que l'on peut faire avec les moyens de la biologie moderne, avec tous les appareils d'imagerie et de mesure que l'on veut. Ce corps vivant que nous sommes est un ensemble complexe de membranes repliées, une grande surface sensible pliée serrée jusqu'à sembler un volume ; le corps jusqu'à sa plus grande profondeur est toujours peau : lieu d'échange, de contact, membranes semi-perméables laissant passer les électrolytes, conduisant l'influx, tendues entre des milieux différents, vibrantes à tous les contacts. Cela peut se démontrer par la biologie moderne, je pourrais en faire des schémas techniques mais ce serait assommant ; chacun peut en faire l'expérience de la façon la plus simple : le corps, de sa surface jusqu'à son tréfonds, est surface d'échange.

Au cours d'une séance de l'un de ces arts martiaux que j'ai pu pratiquer au cours de ma vie, je fis une expérience infime qui me bouleversa tant que je ne pensai plus qu'à ça pendant plusieurs jours. C'est un peu étrange que j'aie pratiqué ces arts martiaux, moi qui n'ai aucune intention de me battre, mais on trouve dans ces disciplines, j'insiste sur le mot, une ouverture à ce que peut le corps animé par l'esprit, que l'on ne trouvera pas dans ces sports qui consistent simplement à courir ou à envoyer un ballon dans des filets. On trouve la même chose dans le yoga, la danse, mais comme j'avais le goût enfantin de la bagarre, et un peu d'élan brutal à écouler, j'allai selon cette voie.

Ce que j'expérimentais ce jour-là n'avait rien de brutal ni de spectaculaire, ni de bien difficile à comprendre. À deux, face à face, nous étions paumes contre paumes. La consigne était de suivre le mouvement de l'autre, de s'entre-suivre sans perdre le contact, sans s'accrocher, sans rien tenir. Avec l'autre avec qui je fis cela, nous nous suivîmes des mains, sans à peine nous toucher, sans à peine nous voir car cela ne servait à rien, nous regardions ailleurs, nous nous voyions sans yeux, nous sentions le mouvement, nous sentions soi, nous sentions l'autre, d'un point de vue difficile à localiser mais qui sentait tout. Nous savions où nous étions, ce que nous faisions, nous sentions l'infime caresse de la présence de l'autre sur notre peau, mais cela suffisait à le localiser et à prévoir ses mouvements futurs, voire ses jeux et ses ruses, les zigzags et brusques virages qu'il entreprenait par taquinerie. Étrangement nous ne fîmes qu'un dans un temps aboli, dans une durée commune que nous alimentions de nos deux souffles. Je n'avais jamais approché quelqu'un de si près, si longtemps, sauf dans des circonstances intimes et amoureuses, où les caresses se transforment en saisies, puis en plaisir, où tout s'interrompt alors dans un épuisement heureux. Mais là, non. J'approchais quelqu'un que je ne connaissais pas, sans vouloir le saisir, en le suivant doucement, et lui aussi me suivait, nous nous suivions mutuellement sans nous saisir et nous sentions exactement où nous étions et où nous allions. J'eus l'impression d'avoir appris à nager, de flotter pour la première fois dans l'eau sans avoir pied, sans couler, et d'aller sans peur, sans fin, nageant sur l'eau qui me portait et désormais me porterait toujours.

Cela n'avait rien de spectaculaire ni de compliqué à réaliser, mais au moment de le faire se relièrent brusquement en moi le corps sensible et le corps actif, l'un avec l'autre exactement en même temps, et cela m'éclaira comme si j'avais joint deux fils parcourus d'électricité. Ceci qui pouvait être vécu dans la rencontre amoureuse, mais plus brièvement car elle va vers son feu d'artifice qui l'abolit dans un grand soupir, cela pouvait être vécu dans la plus grande banalité, à volonté, sans attendre que se manifeste la magie érotique. Qui n'est pas toujours là, on le sait.

Après cette expérience-là qui m'avait laissé rêveur, nous étions assis sur l'herbe sous de grands arbres qui nous ombrageaient, et nous écoutions le grand maître nous exposer les joyeuses superstitions des arts martiaux internes, ces principes que l'on apprend pour bien pratiquer, principes qui ne correspondent à rien de connu dans le monde des sciences que par ailleurs j'ai apprises, principes dont j'ignore s'ils existent, s'ils sont vrais, mais qui nous donnaient l'occasion d'expériences intenses, et nous fournissaient pour les dire un discours d'une parfaite cohérence. Ce jour-là donc, comme notre maître nous exposait sans trop de précisions les propriétés d'un corps énergétique, exposé simplifié car traduit du chinois par l'intermédiaire d'un anglais de petites classes de collège, je soupirai, et murmurai à l'usage de mes voisins assis dans l'herbe à côté de moi, avec ce scepticisme narquois qui est une part horripilante de notre génie national : « Et en plus, comme si ça ne suffisait pas, on a aussi un corps énergétique… » Mon soupir jouait l'accablement. On me répondit avec un peu de condescendance : « Mais tu te croyais réduit à ton petit corps de chair ? »

Et mon corps, tout vibrant de l'expérience intime qu'il avait éprouvée avec reconnaissance, accueillit cette réponse de façon inattendue : il affirma violemment ses limites, il refusa de se dissoudre. Oui, je suis réduit à ce petit corps de chair ! Oui, ce petit corps là est ma seule présence au monde. Alors, souffle, énergie, vibrations : rigolade ! Je suis ce corps de chair, c'est la petite partie de l'univers qui m'appartient en propre, ce sont mes propriétés. Et ce corps est assis sur l'herbe, ombragé de grands platanes dont les feuillages bougent à une brise d'été, et vous tous êtes assis sur la même herbe que moi, sentant la même terre moelleuse sous vos fesses, terre ininterrompue de vous à moi, vous êtes dans la même ombre, dans le même vent doux qui se réchauffe sur les champs de blé d'un jaune éblouissant autour de nous, et nous sentons la même chaleur, la même odeur de paille cuite qui se mêle à la même fraîche émanation de l'herbe, et au-dessus nous sentons ce même air empilé qui pèse sur nous tous, et aussi sur tous les autres plus loin encore, et ainsi de suite : la matière continue nous contient tous, nous met tous en contact, petits grains accolés comme dans le monde de Descartes, où le moindre mouvement de l'un des grains se transmet par choc et par caresse à tous les autres.

Mon corps si petit, si réduit, ce corps-là qui ne

durera pas, mon petit corps de chair touche et sent, et me donne foi en l'unicité ; la foi dont je parle est une sensibilité générale, une sensibilité à tout, tout ensemble, tout connecté à tout et à soi. Comme si le monde était liquide et que le moindre son s'y répandait aussitôt, et que le moindre mouvement y était sensible.

Ce petit corps de chair qui est le mien va se dégrader et mourir, je le sais bien, la mort est certaine, et n'a donc pas beaucoup d'importance : elle viendra. La mort est une intempérie : il suffit de vivre avant qu'elle vienne. En attendant, ce petit corps de chair qui occupe une petite place insignifiante dans un univers trop grand, mais en contact avec tous les objets de cet univers, me donne à vivre des instants de plénitude absolue, des instants d'une profondeur infinie, des instants de contact général où tout fait corps. La voilà, cette vie avant la mort à laquelle je crois, alors que celle après la mort est une supposition rassurante, mais ne me concerne pas. Pas pour l'instant. On verra bien.

« Ces instants ne durent pas.

– Bien sûr, ce ne sont que des instants.

– Après la mort justement, ils dureront toujours.

– C'est ce qu'ils font déjà. Leur infini n'est pas

d'extension, mais de profondeur, ils sont d'une vie si intense qu'ils atteignent à la vie éternelle; l'infini a cette propriété-là, d'absorber tout ce avec quoi il est en contact, c'en est une propriété mathématique, et que l'infini soit en profondeur ou en extension, cela n'a pas d'importance, il mène au même endroit, d'un coup, là où est la vie éternelle : la vie si profonde, si intense, si vitale qu'elle n'a pas de dimension, ni espace ni temps, qu'elle n'est que mouvement. Éternelle, dans tous les sens, toutes les directions, dans tous ses aspects. Et ce petit corps de chair qui est moi atteint cela, et son activité incessante est son esprit. »

J'avais appris ce jour-là, à propos d'un exercice assez banal, que ce corps qui est moi pouvait être sensible sans être aussitôt actif, qu'il pouvait être non pas l'un puis l'autre mais d'une sensibilité active, sans aller nulle part, sans servir à rien, seulement à écouter. L'écoute est ceci : une sensibilité active. Le corps ainsi déployé, ainsi tendu, devient sensible à la présence. Le corps attentif est membrane vivante qui frémit de tous les mouvements, proches ou lointains, frissons, contacts, sons transmis par l'air. Le corps désirant est un corps attentif à l'extrême, et à cet extrême il ne se sent plus corps, il se sent élan, et c'est là qu'étrangement il est le plus proche des propriétés du corps réel, et vivant, il n'est plus qu'échange, interface, contact. Je suis vivant car relié, à toi, aux autres, à l'air qui nous contient tous ; à Dieu.

Car il loge là, c'est là seulement qu'il est perceptible : le seul lieu de Dieu est le corps de l'homme, celui dont il prévoyait qu'il le reconstruirait en trois jours. Le lieu de Dieu n'est pas ce ciel trop haut qui accueille les nuages, pas ce ciel si noir qui accueille les étoiles, car ces cieux-là ne contiennent rien, simplement de l'air puis du vide. Le lieu de Dieu est le corps de l'homme, il n'est pas d'autre lieu où il puisse être perçu, connu, reconnu. Le lieu de Dieu ce sont les cieux repliés dans le corps de l'homme, ces voûtes faites d'os et de chair à l'intérieur, les voûtes du crâne et celles de la poitrine, repliement infini d'une grande surface où son visage serait visible si elle était dépliée ; mais repliée, cette surface où il apparaît constitue notre corps, et l'exploration de ses plis pour enfin voir l'image qu'il contient est la tâche de toute une vie.

Soyons discrètement reconnaissants au corps d'être ce qu'il est, soyons-le discrètement car le corps est timide, et il se retirerait en rougissant au moindre compliment appuyé, mais remercions-le car il nous permet tout, car nous n'avons que lui. Il ne nous faut pas l'oublier, ne pas le brutaliser, ne pas le mépriser. Notre corps, ce sont nos propriétés en ce monde, il nous permet de penser et de sentir, il nous permet de parler et d'agir, il nous permet d'être là. Que serions-nous sans lui, sans cette petite partie de l'univers matériel qu'il encombre ? Rien.

Notre frère le corps, qui êtes si humble et si fertile, si proche du sol et par là si fécond, notre frère le corps qui êtes si proche de nous, qui humblement nous permettez d'être ce que nous sommes en nous permettant de vous oublier, par discrétion, par amour, notre frère le corps qui êtes nous, nous vous remercions d'être là. Sans vous, nous ne serions pas.

Parler

Enfant je parlais peu ; ensuite j'ai bégayé, ce qui est une autre forme de silence car je ne parvenais pas à commencer une phrase, je ne parvenais pas à intervenir dans une conversation, alors je me taisais. La parole s'agitait en moi, confuse car jamais dite. La parole était un organe que je ne maîtrisais pas, et je dus patiemment apprendre à en user. Et étrangement, c'est la parole écrite que je lisais avec émerveillement qui me donna accès à la parole vivante, celle qui nous relie aux autres, celle qui nous donne une place dans le monde, celle que je murmure à ton oreille.

Parler est un organe, on le sent, on le sait, cela subsiste dans le langage, puisque tout au début *organe* signifiait instrument, instrument de musique, et voix. Parler est un organe des sens, le sixième si l'on veut, que l'on ne songe pas à répertorier comme tel ; mais que serait-ce sinon : un acte ? Allons. Que la parole soit un acte, que l'on déciderait et puis que l'on accomplirait, n'est vrai que dans les situations les plus simples. Dès que la parole veut dire plus que de demander une baguette à la boulangère, dès qu'elle veut dire quelque chose qui n'est pas su exactement avant de le dire, elle devient organe des sens. Comme une trompe d'éléphant, la parole en son vrai rôle est sensible et forte, elle explore le monde et le soulève. Ce n'est bien sûr pas toujours le cas, il est des paroles dures comme des pierres, d'autres limitées comme des cailloux, d'autres encore négligeables comme des gravillons, mais je ne parle ici que de la parole *in principio*, celle qui était au début, dès le début, celle qui réapparaît toujours quand la parole neuve surgit, la parole sensible qui essaie de comprendre quelque chose. Quoi ? Quelque chose. Cette parole, c'est celle que l'on écoute quand on fait silence, c'est celle qui parfois vient quand on écoute, c'est celle que l'on essaie de fixer à mesure de son apparition quand on se mêle d'écrire.

Écrire, au sens de pratiquer la littérature, c'est essayer de replonger dans cette parole *in principio*, qui redonne vie aux mots par trop usés dont on doit user encore. Car il y a ce paradoxe dans la pratique de la littérature : faire du tout neuf avec du très vieux, faire du vivant qui gambade avec ces casseroles rouillées que l'on traîne, dire pour la première fois avec les pauvres outils déjà dits de notre langue, avec tous ses mots mille fois employés, encroûtés d'usage, rendus par qui s'en est servi dans un état douteux ; et il faut faire avec ça.

Cette parole que je veux cerner ne consiste pas à *exprimer*, pas à simplement prononcer dans l'ordre ce que j'avais déjà conçu en moi, et à le faire savoir, cette parole consiste à créer son objet en le disant. J'essaie d'approcher ce dire qui est sensoriel autant qu'actif, où *dire* quelque chose consiste à *entendre* et *vouloir saisir* ce quelque chose, que justement je ne sais pas, à vouloir le dépeindre, alors qu'avant de le dire je n'en ai pas d'image claire. Dire quelque chose, c'est sortir de moi la trompe sensible de la parole, tâtonner jusqu'à ceci que je pressens, jusqu'à le toucher ; et alors ma parole s'imprime de sa forme, et enfin je le sens, et donc le sais. Sur la page apparaît ce qui était là, que je ne savais pas, que je ne voyais pas, que je sentais confusément, et la parole qui s'écrit me permet de le voir et de maintenant savoir.

Il peut paraître étrange que je ne maîtrise pas ma propre parole, qu'elle échappe à ma volonté, et qu'elle se mette en forme d'elle-même. C'est que la parole ne m'appartient pas, elle est l'activité d'un outil qui m'a été donné, qui est langue maternelle transmise depuis la nuit des temps, qui est langue collective constituée par échange permanent, qui est langue divine qui contient ceci qui a été perçu par tous ceux qui l'ont utilisée comme organe de sens plutôt que comme membre. La parole est ultrasensible, tout la modifie, tout la déforme, tout marque sur elle. Mais elle est aussi la plus grande puissance, puisqu'elle crée ce qui n'est pas, et anime ce qui sans elle ne serait que viande, cailloux, masse inerte.

In principio erat verbum, dit le Livre, *au commencement était le verbe, et le verbe était avec Dieu, et le verbe était Dieu* : ainsi commence le récit de Jean qui identifie d'une façon fulgurante ce que je sens en moi comme vibration de ma langue, et ce que je sens en dehors de moi comme vibration vivante partout présente dans le monde où je vis. La parole était au début, dit le Livre, et il emploie le latin *verbum*, qui est la traduction du logos grec, et ce logos père de toutes choses ressemble plus au tao chinois qu'au discours humain, mais un tao qui serait l'énergie verbale à l'état pur avant que quoi que ce soit ne soit prononcé, et prononcer serait créer. Ce logos, ce *verbum*, c'est le verbe animé de son énergie propre, et on peut l'appeler en français *parole*.

La parole est déjà là, la parole *in principio* est toujours là, depuis le début et encore là, elle seule donne vie à ce qui se dit, mais personne ne l'entend s'il ne l'écoute pas : elle est dite, elle est manifestée, elle est entendue. La parole *in principio* emporte et féconde celui qui parle et celui qui l'entend, elle crée ce qui est dit, elle est synchrone à toute manifestation quotidienne de la parole, car elle lui donne vie. La parole *in principio* est sans savoir, elle est l'acte de parler, et dans ce moment-là ce que l'on souhaitait dire apparaît comme de lui-même.

La parole vivante à son apparition est une pousse issue d'une graine bien fermée qui ne ressemble pas à l'arbre dont elle est l'ébauche, elle est une plantule toute tendre, sensible, imprégnée de sève, elle peut prendre toutes formes au début mais elle se lignifie très vite et se fige ; l'acte de parler n'est vivant qu'en son origine, en son principe ; et son principe est déjà là, toujours là, depuis le début et pour toujours. Pour éviter les sclérifications, il faut rester près de la source.

La parole écrite est paradoxalement la parole la plus vive qui soit, parole éternellement fraîche, parole cadrée comme sont cadrées les photos, cadrée par le silence qui l'entoure, avant et après, qui donne tout son poids à ce qui se dit d'un seul geste. Cela n'arrive jamais dans la conversation quotidienne où le sens émerge à peine du bruit de fond, où les arrêts, retours, hésitations, répétitions engluent peu à peu ce que l'on dit, ce que l'on voudrait dire, et on le perd. Parfois on aimerait redire ce que l'on a dit, pour le dire clairement d'un jet, au propre, mais la conversation n'a lieu qu'une seule fois, on y est sur le fil, on ne peut qu'avancer. Écrire de la littérature répond à ce désir d'une parole qui serait vivante, au plus proche de son jaillissement premier, même si c'est un travail lent et complexe que de retrouver ceci tel qu'il survient à l'origine

Il est une nouvelle de Borges (car il est une nouvelle de Borges pour toutes les situations de la vie) qui révèle l'existence sous un escalier d'un point miraculeux où le monde tout entier est visible, dans tous ses détails simultanément ; et celui qui le découvre passe son temps couché sous l'escalier à écrire un poème infini, époustouflant, étrange, assommant dans son inventaire, pâle reflet de ce qu'il a vu en ce point sous l'escalier, pâle reflet de ce qui est vraiment en ce lieu précis qui contient tout, et il reste couché sur le dos dans le petit espace sous l'escalier, à égrener les vers de son poème décevant, incapable d'arrêter, incapable de détacher les yeux de ce point miraculeux où il y a tout, incapable de vraiment le dire, et incapable de cesser de le dire.

Les mystiques de toutes religions écrivent des poèmes qui tentent de dire le Tout qu'ils appellent Dieu, des poèmes qui font apparaître le langage sur les bords du vide où ils pressentent la présence, et ces poèmes de jaillissement sont l'acte même de création, la *poiesis*, la création du langage par son surgissement même, la création par le langage. «*Que la lumière soit*», dit-il, et la lumière fut, et le monde fut, mais dans cette courte phrase les mots les plus importants sont *dit-il.*

La foi a les propriétés performatives de la parole, elle apparaît au moment d'être dite, en un élan que rien ne prépare ; la foi a les propriétés funambules de la confiance, qui existe au moment exact où elle est donnée. C'est difficile à faire comprendre par la ligne continue du langage raisonnable, et il faut l'anecdote et le récit pour tenter de saisir la géométrie paradoxale de tout ce qui touche au spirituel. Heureusement la chrétienté est pleine de livres, qui fourniront autant de figures que l'on veut pour tenter de comprendre ce qui au fond est très simple, mais que notre langage par trop méthodique a du mal à saisir.

Disséminés dans les récits de l'Évangile, il y a floraison de détails discrets qui pourraient n'être rien, mais pour peu qu'on s'en approche, et qu'on s'y arrête, ils ouvrent à un arrière-sens comme on dit une arrière-salle, où l'histoire prend une autre dimension que le simple récit circonstanciel, ou que la simple annonce explicite d'une religion qui vient. Les détails, qui sont le mode d'existence de l'univers, sont la voie d'entrée dans le sens pour qui fait profes sion d'écrire des romans, c'est-à-dire de racon ter des histoires en assemblant en mosaïque de petits détails vrais, de petits éclats de réel colorés, brillants, irréguliers, et une fois qu'ils sont assemblés, bien collés dans l'ordre que l'on s'est efforcé de suivre, un peu floutés par leur forme propre que l'on n'a pas choisie, si on se recule, on voit enfin ces formes que l'on pressentait.

Jean raconte la traversée du lac de Tibériade,

que dans les Évangiles on appelle la mer. Il dit que le soir venu Ses disciples descendirent jusqu'à la mer, et ils entreprirent de la traverser en barque. L'obscurité s'était faite, Jésus ne les avait pas rejoints, et ils voguaient dans la nuit. Un grand vent soufflait, un vent contraire, et la mer était houleuse. Vers la fin de la nuit, ils avaient déjà dû naviguer longtemps dans la pénombre et l'inquiétude, ils virent Jésus marcher sur l'eau. Ils crurent à un fantôme, ils en étaient affolés, mais il leur dit : *C'est moi, n'ayez pas peur !* Alors ils voulurent le prendre dans la barque, mais aussitôt la barque toucha terre là où ils allaient.

Le détail qui m'émerveille dans ce récit, détail que l'on ne trouve que dans la version de Jean – mais Jean c'est Jean avec ses paradoxes qui ne s'expliquent que par les propriétés de la lumière –, ce détail éblouissant qui me fait m'arrêter dans ma lecture et relever la tête, c'est l'immédiateté de l'arrivée de la barque : ils sont en pleine nuit dans la tempête, ils voient un fantôme ; mais ils le reconnaissent, il les rassure, il leur demande juste d'avoir confiance ; et quand dans un geste de confiance, sans plus s'étonner qu'il marche sur l'eau, ils lui tendent la main pour le faire monter, ils sont aussitôt là où ils allaient. Le seul geste de confiance les fait arriver au but, ce seul geste leur fait franchir instantanément la nuit, la tempête, le vent contraire, l'absence de Jésus dans la barque – dont ils savent bien que s'il était là il calmerait la tempête, un autre épisode le raconte –, mais il n'était pas là. Un mot, un geste vers ce qu'ils crurent être un fantôme les fit instantanément arriver là où ils allaient : ce détail-là étincelle comme un brusque éclat de soleil sur la tesselle dorée, le petit cube de céramique que je prélève dans l'Évangile de Jean pour le placer dans la mosaïque que je suis en train de construire. Cet éclat dit la même chose que tout l'ensemble : on ne sait pas à quoi on croit, mais croire le fait saisir aussitôt.

Ne vous invoque-t-on pas pour vous connaître ? notait saint Augustin, s'étonnant de cette réalité paradoxale de la foi, au fond si simple mais si difficile à dire ; car la foi a toujours tort si on y réfléchit un peu avec les catégories et les méthodes de la raison : elle n'est soutenue d'aucun argument qui tienne, elle n'est que sophisme, pari, ou superstition. La foi a toujours tort si on la discute, car elle est le paradoxe d'un geste sensoriel, qui a les propriétés de la parole : la foi est une sensibilité générale, une écoute avant de savoir quoi, un pas fait dans une direction pour laquelle il n'est aucun espace libre, aucune indication, ni aucun but visible et sûr. La foi est première, et par son acte de perception elle rejoint son objet, et le crée alors qu'il était déjà là.

« La foi est une confiance.
– Mais confiance en quoi ?
– En que ceci m'accueille.
– Mais, ceci : quoi ?
– Ah ! Voilà… »

Voilà le souci. Ceci ne se voit pas. Ceci dont j'essaie de parler est surnaturel, donc absent de la nature comme on la mesure, et celle-ci, la nature mesurée, suffit bien à l'ensemble de notre vie, elle nous fournit le gîte et le couvert, et même le loisir. La foi a toujours tort dans un monde mesuré, il n'est pour elle pas de place, pas de place pour ceci qui est l'objet de sa confiance. Les mesures le prouvent : le monde est plein.

Que Dieu existe, en son sens si particulier d'exister, on n'en sait jamais rien ; s'il se manifeste, on n'est jamais sûr que ce soit lui, et s'il parle, rien ne nous prouve jamais que ce ne soit pas un écho de nous-mêmes. Tout donne tort à la foi, ou plus précisément elle n'a jamais raison. Le monde tourne bien sans ça, de toute façon.

Dieu créateur du monde parle si doucement, de façon si fine, si ténue que pour le distinguer du vent, d'un oiseau, ou du bruit de notre propre cœur, il faut écouter avec la plus grande attention. Alors on peut entendre. Pour l'entendre, il faut l'écouter.

Mais écouter quoi ? Parce que ceci, qui est l'objet de la foi, qu'est-ce donc ? Cette vie éternelle qui serait déjà là, sans pour autant être miracle, apparition, manifestation pyrotechnique, qu'est-ce donc ? Quelle forme cela prend-il, ceci que la foi considère ? Quel est l'objet de ce frétillement des sens que j'essaie de décrire, est-ce une simple agitation du désir, ou est-ce la présence d'un objet extérieur ? Et quel extérieur, d'abord ? puisque si Dieu est, il est contenu et contenant, en même temps. Et ceci, apte à faire frémir le corps, comment le différencier du vide bouddhique, de ce rien chargé de plénitude qui met lui aussi dans un état de grand bonheur quand on y parvient ? Finalement, tout ceci dont il est question depuis un moment, est-ce vraiment Dieu, ou tout autre chose, ou même rien du tout ?

À un certain point de généralité, toutes les mystiques se ressemblent, on le sait depuis longtemps, la raison en est banale. Il n'est pas étonnant que ce que nous ressentons, ce que vivent tous les types d'hommes différents tout autour de la Terre, soit assez semblable : nous n'avons qu'un seul corps, le même pour tous, grand corps de singe doté des mêmes propriétés, nous faisons tous avec les mêmes outils ; et il n'y a guère de différence entre ce qui au plus profond de soi se mobilise et qui perçoit Dieu, et ce qui au plus profond de soi s'ouvre au vide bouddhique ; c'est le même corps sensible, et la même attention ; le même élan. Mais au contraire du vide bouddhique, qui est vibrant et totalement isotrope, cet espace qui lui ressemble un peu mais où se manifeste le Dieu chrétien est orienté, il est habité d'une parole. Une parole bienveillante qui accueille et donne vie, toujours fraîche comme une pousse sortie de la graine, toujours neuve comme l'eau qui jaillit d'une fente entre deux rochers. Dieu est irreprésentable, mais il parle. La parole vraie, la parole *in principio*, est irreprésentable mais elle apparaît, et elle crée. À quoi ressemblerait-elle d'ailleurs, cette réalité qui a forme de parole ? On ne peut la montrer, mais elle s'entend. On ne sait pas trop d'où elle vient, qui l'a dite, mais elle est là, et donne joie. Tout ceci a lieu les yeux clos.

Comment se représenter un Dieu personnel qui ne ressemble pas à une personne ? Un

Dieu qui a fait l'homme à son image mais qui ne ressemble pas à l'homme, car l'infini qui est sa propriété empêche de s'en faire une image, comment le représenter, sinon par la parole ?

Dire que le Dieu chrétien est un Dieu personnel, qui me parle, et qui m'aime, c'est quand même une approximation, un usage flou des mots qui n'est pas loin de la caricature. Car *personne* implique la finitude, la localisation, et des limites ; car *amour* tel qu'il s'entend entre nous implique à peu près les mêmes limites ; quant à *parle*, c'est pareil, c'est lié pour nous à un moment, à un dialogue, à un contenu. Dieu serait alors une personne qu'on ne peut voir comme une personne, qui parle par ce qui n'est pas la parole humaine, et de qui émane un amour qui n'est pas l'amour que l'on connaît, et qui serait là pour tous, partout en même temps ? Pas facile, l'image est floue. Il y a là abus de langage, on fait coexister sous la large couverture du même mot des réalités incommensurables ; tout cela est bien confus, le vocabulaire bien mal rangé. Savoir de quoi il s'agit vraiment nécessite d'y réfléchir un peu, d'ajouter aux définitions de ces mots telles que le dictionnaire les donne une province de signification qu'ils n'ont pas spontanément, qu'il faut conquérir, explorer, et rendre fertile. Et là encore la figure et le récit pallieront l'insuffisance de la langue quotidienne.

Nicolas de Cues, théologien médiéval au sens narratif très sûr, décrit l'illusion d'optique produite par un portrait de Rogier Van der Weyden, portrait perdu semble-t-il, s'il a jamais existé, car il l'a peut-être imaginé pour l'occasion, mais tant pis, seule importe l'image. Des moines assemblés en demi-cercle regardaient ce tableau posé devant eux, un portrait à l'huile, technique alors nouvelle, qui rendait avec un extraordinaire réalisme les traits du visage, les diverses carnations de la peau, la transparence du regard ; et ce portrait de trois quarts regardait chacun, chacun se sentait regardé par ce portrait, par l'illusion de suivi du regard que produisent les visages peints, que nous connaissons tous maintenant, du fait de la banalisation des images, mais cet effet était alors nouveau. Chacun était vu personnellement, en même temps, et ils étaient troublés d'être tous vus ainsi, chacun pour lui-même. Et brusquement ils comprenaient l'attention que Dieu porte à chacun et à tous, en permanence et en même temps, et ceci une fois compris, ils pouvaient se passer de l'image.

C'est une anecdote, c'est une illusion, mais elle figure le paradoxe de la présence pour chacun, qui est sensible mais difficilement représentable. Les illusions ne sont pas des mensonges ni des erreurs, encore moins des tromperies. Elles montrent le fonctionnement du monde et le fonctionnement de notre âme, de notre esprit, ou de notre entendement. Elles sont vraies, pas au sens de la mesure, mais au sens de la perception. Ainsi de la parole *in principio* dont je parle, qui est une figure de ce qui ne se figure pas

À Rome encore, ceci dont je parle, on peut le voir. Après avoir fait quelques pas dans les ruelles on peut entrer dans l'église San' Ignazio, et là, avec précaution, lever la tête. Il convient de s'accrocher un peu, de s'assurer de la bonne assise de ses deux pieds, car le plafond de San' Ignazio aspire ceux qui le regardent, il est un gouffre à l'envers, qui s'ouvre vers le haut, un tourbillon bleu sans fond où flottent des nuages, des saints et des anges enveloppés de manteaux. Ce tourbillon surpeuplé n'est pas un chaos, un seul point très précis est source de la lumière ; il organise tout, mais on ne le voit pas, il est caché par la tête d'Ignace. Le point de jaillissement de la lumière donne sens mais demeure caché. Ignace regarde vers le haut, vers le Christ qui porte sa croix sans peine, flottant sur un nuage un peu plus haut, plus proche que lui de la source de la lumière, et pourtant n'y étant pas non plus. Personne n'y atteint, à cette lumière qui met tout en ordre. Ignace porté par les anges s'approche au plus près du Christ qui reflète la lumière, lumière inaccessible, dont la source est invisible, mais qui se reflète sur tout, organise tout, donne sens à tout.

Comment imaginer que ceci puisse être là, sans qu'on le connaisse, et sans qu'on le voie ? Comment penser que cette présence si faible, un peu de vent, une source de lumière, quelques mots prononcés si bas qu'on ne les entend qu'à peine, suffise à créer le ciel et la terre ?

La matière muette dont sont faits ciel et terre n'a pas besoin de grand-chose, elle se débrouille toute seule, la pauvre, preuve en est qu'on la manipule sans peine, en ayant trouvé et formulé ses lois les plus simples. Ce Dieu dont j'essaie de parler n'est pas celui des choses mortes, des choses muettes, pas celui de cette part la plus simple de la création, mais il est Dieu des vivants. Dieu du ciel et de la terre, ce n'est pas si difficile, la matière s'ordonne d'elle-même en fleuves, orages et montagnes, il n'est guère besoin qu'on s'en occupe une fois que c'est fait. Dieu des créatures animales et végétales, ce n'est pas beaucoup plus compliqué, l'évolution agit lentement mais sûrement, et d'elles-mêmes les plantes envahissent la terre, et d'eux-mêmes les animaux se reproduisent et mangent les plantes et se mangent entre eux. Tout va, suivant les règles les plus simples qui sont celles de la matière, et cela suffit.

Mais Dieu des vivants, de ceux qui savent leur propre vie par la parole, voilà la grande merveille ! Voilà la création inattendue, et forcément fragile, voilà le prodige d'équilibre remarquable qui nécessite une présence permanente, qui nécessite que le moment de la création soit sans cesse réitéré, car sinon ces pauvres créatures, chargées des énergies excessives et contradictoires de leur esprit, exploseraient au moindre choc.

L'esprit humain est la merveille de ce monde-ci, mais merveille instable, chaos relié à d'autres chaos, et l'ensemble de ces chaos est un chaos superlatif, ingérable et imprédictible. La parole est sa seule forme de cohésion, et par elle, seulement par elle, nous sommes.

Nous sommes la part la plus sauvage et la plus vacillante de la création, car nous sommes la matière redoublée de la vie redoublée de l'esprit, création au cube qui branle de façon pérenne comme un empilement de meubles sur lequel on monte pour atteindre au plafond l'ampoule qu'il faut changer. C'est toujours près de tomber, ça nécessite une présence d'esprit constante, une attention permanente, une quête inquiète de l'équilibre toujours à rétablir, jamais sûr.

Du coup, le mal et la souffrance, qui sont le caillou dans la chaussure dans les discussions que l'on mène autour de l'existence de Dieu, n'ont plus beaucoup d'importance : dans cet échafaudage branlant que nous sommes, dont l'équilibre est par principe impossible, toujours rattrapé in extremis en battant des bras, le mal est le principe de gravitation laissé à lui-même, les forces contradictoires toujours en action qui poussent à la chute ; en ce monde de l'esprit qui est notre monde, rien ne peut être stable, et les grincements permanents de l'ensemble sont les souffrances que l'on n'évitera pas. Tout s'effondre en permanence, et il est une parole qui le redresse. Il parle, il me parle, il parle à tous ; il parle là où il veut. Et ce *il* que j'emploie est bien étroit pour le contenir mais c'est un *il* grammatical qui permet d'accorder les verbes.

Si l'on retourne à Rome on peut le voir, ceci

dont je parle, mis en image par le génie baroque, il suffit de lever la tête. Sur le plafond de l'église du Gesù est une fresque vertigineuse qui représente les cieux, dans toute leur profondeur et tout leur peuplement. Dans une trouée lumineuse entre des nuages se presse un peuple d'anges, de saints et de muses, mais malgré l'abondance et l'agitation, malgré le vertige du trompe-l'œil qui troue le toit de l'église pour traverser le ciel, il n'est là aucun désordre. La lumière organise, indique la direction, et l'origine de la lumière est perceptible sur chaque nuage, sur chaque visage, sur chaque corps, et elle rassemble tout ce que l'on voit dans un même mouvement ; et contrairement à San' Ignazio, ici la source est représentée, clairement, et c'est le nom, IHS, qui est source de lumière, point de fuite de la perspective, organisateur de la dramaturgie, pourvoyeur de sens ; étrangement, c'est un point abstrait, un nom tracé sous forme de monogramme qui organise le plus concret, le ciel réel, les nuages, tous les corps, et le regard et les gestes de ceux qui comme moi en dessous, tête levée, regardent le plafond.

Dieu, c'est l'être de la parole, qui s'adresse, qui donne vie, et donne sens ; à moi personnellement, et à tous ceux qui l'entendent, ce qui fait de nous tous des frères potentiels, par l'être de la parole, et en lui.

Peut-être est-ce la vision de quelqu'un qui consacre sa vie aux récits, mais on fait avec ce qu'on a, et je n'ai que cela : la pratique du langage, et la lecture des livres, qui consignent une infinité de récits que l'on peut à volonté faire revivre. Ne *viens pas dans ma maison, elle n'est pas digne de t'accueillir*, dit le centurion venu quémander la guérison de son serviteur, *prononce simplement une parole et il sera sauvé.* Le nom, juste le nom organise tout, la parole, juste la parole oriente, range, met en récit. Le réel prend sens quand il est dramatisé, mis en un récit où les présences s'emboîtent, et vont dans le même sens, sens du mouvement et sens du dénouement, le récit devenant alors équivalent de la lumière. Quand on peut raconter le réel, il s'éclaire ; ou bien plus simplement : raconter éclaire.

Dieu, ce Dieu-là, écoute ; et il parle. Peu importe ce qu'on lui dit et ce qu'il dit, la parole est un acte sensible qui est un lien. Et notre parole à lui adressée, un certain état de la parole sensible, est notre façon de l'écouter. Peut-être dis-je cela parce que pour moi la parole a ce rôle-là, parce que j'essaie de capter ce type de parole-là pour pratiquer ce que l'on appelle littérature, et que cette parole occupe alors toute ma vie, et j'en fais grand cas. Il est probablement d'autre façon d'agir pour entendre, un musicien pourrait voir son instrument comme organe des sens, un danseur pourrait voir sa danse comme organe sensible qui le met à l'écoute de Dieu, peut-être sa danse est-elle une oreille, peut-être sa danse est-elle une peau ; je ne sais pas. Mais pour moi, humble bavard qui fait profession de bavardage, qui essaye de faire de la musique avec ce bruissement continu des mots, tout a lieu dans le verbe, sur la membrane sensible tendue qu'est le verbe. C'est là mon orgue, c'est là l'organe dont j'ai été pourvu, c'est là ma peau où je ressens le moindre contact.

Alors dans ce silence qui se fait quand on veut bien écouter, dans ce vide qui s'ouvre alors prêt à accueillir, qui n'est plus du tout effrayant car orienté d'une parole qui le traverse, qui le traverse de part en part, dans les deux sens en même temps, parole sensible qui agit et qui perçoit et qui relie, son visage est là, qui vient jusqu'à nous.

Son visage et le tien

Le suaire de Turin est un objet fascinant ; comment ne le serait-il pas ? Sur un voile qui serait le linceul du Christ, on distingue son visage, son visage fantomatique tel qu'on le peint sur les tableaux médiévaux : visage doux, les yeux clos, barbu, les cheveux longs, le front barré de ce qui pourrait être la couronne d'épines. On se prend à rêver qu'il soit vrai. Étrangement, on ne voit pas du tout comment cela a pu se produire, comment la toile a pu être marquée d'un visage et, si on la déplie, d'un corps, et cette perplexité fait argument, selon le principe un peu idiot que ce que l'on ne comprend pas nous dépasse, et serait signe d'une réalité plus haute, donc plus vraie encore que ce que l'on sait. Aucun des chaînons de ce raisonnement ne tient mais il se déploie quand même, car nous aimons notre propre naïveté, si fraîche qu'elle nous paraît la vérité même, enfin débarrassée de toutes les entraves de la raison, qui paraît parfois si lourde, et si mesquine.

Le suaire reste un objet fascinant. On se prend à rêver qu'il soit vrai, et de toute façon il est vrai, il est là, il existe, il est parfois exposé et on peut le voir. Les procédures de datation modernes que l'on a appliquées à un petit bout de toile semblent indiquer une fabrication au cours du Moyen Âge, mais tout le monde n'est pas d'accord. Les tenants de l'authenticité miraculeuse évoquent un flash qui aurait imprimé le tissu, qui troublerait les méthodes de mesure, comme si le sacré était un éclair de magnésium extrêmement fort. Mais que ce visage ressemble à ce point aux représentations de ce moment-là de l'art chrétien fait un peu douter : quand la réalité ressemble trop à sa représentation, ce n'est peut-être pas la réalité.

Au fond, si l'objet a été fabriqué sciemment, quelque part dans le courant du XIIIe ou du XIVe siècle, cette fabrication médiévale du faux est plus fascinante encore que de prétendus phénomènes supraphysiques qui auraient imposé leur marque à la matière : on doit imaginer le modèle que l'on enveloppe dans la toile, l'inventeur du procédé, le commanditaire du faux conçu pour être une icône du vrai, les aides muets, une soirée terrible dans on ne sait quel château où le faux aurait été réalisé on ne sait comment, par un procédé faustien, et oublié, réalisation peut-être dans l'effroi, dans les hurlements, peut-être dans l'oblation mystique, puis dans l'émerveillement du résultat. Un vrai roman.

Mais cela n'a pas la moindre importance qu'il soit vrai, ou faux, c'est-à-dire vrai mais à un autre moment ; simplement un tissu existe, qui porte une image fantomatique. Et celle-ci provoque une rêverie : il n'était sûrement pas comme ça, le Christ, mais comment était-il ? Le faux visage qui se fait passer pour vrai pose profondément la question du vrai. Question dont la réponse n'a aucune importance, mais la question est l'âme active du langage, la question vibrante donne vie à l'esprit, organise le monde, maintient debout. Quel pouvait être Son visage ?

Le visage flou du Christ sur le suaire me fit penser dès la première fois où je le vis à une œuvre d'art, rencontrée longtemps auparavant dans un musée d'art contemporain, œuvre dont je n'arrive plus à retrouver la trace. C'était au début des années 80, l'informatique balbutiait, on jouait avec la vidéo toute neuve, et sur un écran bleuté apparaissait un visage fantomatique et phosphorescent, doté d'une étrange profondeur, ce qui était troublant ; c'était un visage composite réalisé par la superposition de nombreux visages humains. La vidéo permettait de les flouter, de les caler, de les rendre translucides, et de les superposer les uns aux autres pour les voir ensemble. Et ils faisaient, à tous, un visage d'ange très doux, les yeux clos, rayonnant d'un sourire flou de Joconde.

Le traitement de l'image numérique s'est tellement perfectionné que l'on a refait plusieurs fois cette performance, bien mieux techniquement, en mêlant plus de visages, avec un rendu plus réaliste. On a reconstitué le visage moyen de l'homme habitant cette Terre, qui est une sorte de Chinois un peu pigmenté, mais ce n'est plus qu'une façon imagée de visualiser des données démographiques, cela n'a plus guère de potentiel poétique. L'œuvre dont je parle, elle, par son imperfection même, son aspect archaïque, était un extraordinaire support de rêverie, par le flou, la superposition visible, et le sourire doux.

Tous les visages humains se ressemblent, on peut les superposer et cela fait un visage. Le visage humain est un paysage, on y devine les tensions et les relâchements, les circonstances vécues qui ont sculpté l'os et la chair, on y voit la vie même de celui qui le porte, ou le possède, ou l'est, sous forme d'une érosion unique qui en creuse les traits, mais on y voit aussi glisser les ressemblances fantomatiques de ceux qui ont donné naissance à celui que l'on regarde, on voit se superposer à un visage d'autres visages plus anciens à qui il ressemble, les parents, les grands-parents, les frères et les sœurs, tout un peuple flottant présent dans les traits du visage, dont on se demande qui c'est, comme un jeu, une quête, une pratique sociale qui commence dès que l'on se penche sur un berceau où dort un nouveau-né au visage rond. À qui ressemble-t-il ?

On peut se demander alors quel était le visage du Christ, comment il s'est modelé pendant les années terrestres qu'il a vécues, et quelles ressemblances anciennes venaient flotter sur ses traits. Mais on l'a, ce visage : c'est celui représenté dans l'œuvre vidéo rudimentaire dont je ne retrouve plus la trace, ce visage qui est le sien est la superposition de tous les visages de l'humanité, tous transparents les uns aux autres, et le sien transparaissant à tous, et cela lui donne un air doux, les yeux flous qui semblent clos, qui ressemble exactement au visage du Christ sur le suaire de Turin.

Voilà pourquoi cela n'a pas beaucoup d'importance que cette image réelle du suaire de

Turin soit issue d'un roman gothique un peu atroce, qui peut-être eut lieu dans un château oublié de l'Europe médiévale, ou d'un éclair surnaturel survenu en Terre sainte au moment de la résurrection : l'image que l'on contemple sur le suaire n'est pas l'empreinte plus ou moins mal prise d'un seul visage, par moyen technique ou par miracle, mais la superposition d'une infinité de visages, de tous les visages successifs de l'humanité, vus en une seule fois.

Cela fait davantage participer aux mystères de l'humanité du Christ que de penser qu'il se soit de lui-même pris en photo.

Dieu n'a pas de visage, comment en aurait-il ? Dieu n'a aucun visage et ne saurait en avoir, lui infini en tout et partout présent ne peut se manifester par un visage qui par principe est ici présent et bien délimité, et c'est ce qui en fait sa singularité et son intérêt pour nous, qui chacun disposons d'un visage unique, qui est le nôtre, et grâce auquel on nous reconnaît même s'il est en perpétuelle évolution. Dieu ne peut avoir de visage mais les visages superposés de tous ceux qui l'écoutent et le sentent forment celui du Christ, visage multiple et doux, visage collectif en une seule personne, visage qui, à la façon fantomatique des visages, ressemble à tous et à chacun.

À l'objet de la foi il n'est pas de preuves, il n'y en aura jamais ; et même si on pouvait en trouver, ou en créer, en inventer comme on le dit des reliques, elles ne serviraient de rien. Cette image étrange que l'on possède, que l'on garde depuis des siècles, que l'on montre parfois à Turin, n'est preuve de rien, elle est objet de rêverie, mais par la rêverie on montre mieux que l'on ne le pourrait par la preuve ce que de toute façon l'on ne saurait voir. La seule preuve de l'existence de Dieu est l'existence à côté de moi d'un autre qui l'écoute ; et la preuve en sera pour lui l'écoute d'un autre à côté de lui, et ainsi de suite : Dieu existe dans cette chaîne-là, pas dans le réel qui n'est formé que de cailloux, même si leur érosion de hasard parfois forme vaguement un visage.

J'ai un peu tâtonné dans ma vie, pour trouver comment m'approcher de ce dont j'avais le goût sans savoir ce que c'était. J'aimais le bouddhisme pour sa recherche d'une simplicité vitale, la méditation pour son efficace, la perception du vide pour son utilité dans les arts martiaux, la poésie et la musique soufies pour leur beauté fulgurante. Et puis un après-midi, assistant à un office tibétain, par intérêt, par curiosité, par un mélange dont je n'ose pas déterminer les proportions entre souci spirituel et promenade touristique, j'ai compris d'un coup, dans cette pagode où résonnaient les gongs, où brûlait l'encens, où le chant grave des moines faisait vibrer l'air de façon perceptible, j'ai compris d'un coup devant ce vieux monsieur les yeux clos vers qui se dirigeaient tous les regards, devant ceux qui priaient face contre terre, devant tous les autres qui semblaient comprendre – mais c'était du tibétain alors je n'en suis pas sûr –, j'ai compris d'un coup que je n'étais pas chez moi. Cela suffit, me dis-je dans le vacarme des voix et des clochettes, soyons sérieux. Cela est fort beau, très exaltant, mais je n'y comprends rien. Et à moins d'y consacrer ma vie, d'apprendre la langue, de passer beaucoup de temps à l'étude comme le font ceux qui s'y consacrent vraiment, je n'y comprendrai jamais rien de profond. Se dire un peu bouddhiste est une ânerie ; l'être vraiment est un choix radical de vie, qui passe par un choix de langue et de culture. Choix que je n'avais pas l'intention de faire car je suis accroché à ma langue encore plus étroitement qu'un rémora à son requin, et je commençais aussi à me rendre compte que devant moi tout était disponible, totalement, exprimé dans ma propre langue, vécu par des gens qui m'entourent et que je peux comprendre sans obstacle.

Je suis né en Europe, j'ai grandi en certaines langues, de sorte que des concepts exprimés en français, et même en latin ou en allemand, me sont plus proches que des concepts exprimés en chinois. La déité telle qu'elle s'exprime depuis deux mille ans dans la culture dont je fais partie, et qui m'a construit, m'est plus accessible, plus connaissable que celle de ces autres mondes qui m'intéressent, qui me fascinent, que j'aime, mais dont je n'ai accès qu'en surface, me contentant de soupçonner ce qui s'agite dans leurs profondeurs qui me resteront obscures, sans jamais être sûr de rien. Je suis chrétien de langue française, il y a là le hasard de ma naissance, et ce hasard m'a donné une voie que je peux suivre jusqu'à ceci dont j'ai mystérieusement le goût.

Je garde du bouddhisme qu'un vide vibrant est l'état fondamental du monde, et que la méditation y est un moyen d'accès ; du zen que l'illumination vient quand elle veut ; du taoïsme que des pratiques physiques minutieuses ont des effets psychiques qui préparent au spirituel ; de l'islam que Dieu est grand ; du soufisme que seule la poésie peut en être l'écho, et que la musique est l'image sur Terre de son souffle. Tout cela je l'ai appris, je m'en souviens, je m'en sers, non pour mieux le maîtriser mais pour aller au-delà, pour tenter d'approcher et connaître un Dieu qui a figure humaine, qui parle, et qui entretient avec ses créatures, avec chacune personnellement, une relation d'amour, et cette relation est forme de vie. Il n'y a pas de mélange, pas de confusion des traditions, juste admiration, recherche d'inspiration, curiosité de l'autre pour mieux se comprendre soi et aller vers l'Autre, qui est la source de moi, et de tous les autres. Mes phrases sont ondoyantes et reviennent sur elles-mêmes, elles ressemblent à des anneaux de Möbius qui se referment en échangeant le dedans et le dehors sans jamais changer de côté, mais exprimer quelque chose du divin ne peut se faire qu'en tordant un peu la langue, de façon à lui faire rendre ces notions paradoxales qu'elle n'est pas faite pour dire.

J'avais grandi sous la pression muette d'une foi pesante, j'étais devenu un homme dans l'idée floue, partagée avec ceux qui socialement me ressemblent, que le christianisme n'était qu'un vieux retable mangé des vers, sentant la cire et la poussière, et dont l'image, quand on arrivait à la distinguer dans la pénombre, ne disait que souffrance et culpabilité, et n'avait d'autre projet pour l'homme que de lui interdire toute forme de plaisir, de lui confisquer son corps conçu comme pesant et trompeur. Je n'avais pas d'idées très précises, je rêvais de chinoiseries un peu fumeuses, qui me paraissaient tellement empreintes de spiritualité, tout en écoutant Bach et en lisant Pascal, mais sans jamais faire le lien.

Tout était là, devant moi, sans que j'aie à apprendre le chinois, et je m'en rendis compte clairement pendant cet office tibétain – je dis office car je ne sais pas comment on dit, et je ne sais pas clairement ce qu'on y fait –, pendant cet office, donc, où je ne comprenais rien, où je réalisai que je n'étais pas ici chez moi.

La question n'est bien sûr pas de savoir quelle religion est bonne, pour savoir laquelle choisir. S'il ne s'agissait que de choisir, on pourrait s'aider d'un tableau avantages/inconvénients comme dans une revue de consommateurs, et du coup certaines sectes proposeraient des produits compétitifs, avec discours simple, et plaisirs garantis sans culpabilité. J'ai vu des gens méthodiques se croire sincèrement raisonnables en établissant de tels tableaux. Mais la tâche est vaine, sans fin, dépourvue de sens : toutes les religions ont pris en leur histoire mille formes différentes, et toutes allient de grandes merveilles à d'horribles scléroses. La vraie question est de savoir quelle forme donner au goût qui est là, à ce sens fruste qui nous dirige, à ce désir vivant qui ne sait où aller ; la question est de savoir avec quoi on peut aller loin, pleinement, pour accompagner ce désir qui est là. Et peut-être, plutôt que de comparer les idées, les dogmes, les rituels, qui ne sont pas grand-chose puisque variables selon les temps et les lieux, donnant lieu à de multiples applications, de multiples déviations et retournements, peut-être le mieux est-il de suivre les gens.

La vraie question est celle-là : où y a-t-il quelques personnes que l'on a envie de suivre, et que l'on pourra suivre ? La catholicité me convient, car dans ses ordres religieux j'ai pu croiser des hommes et des femmes qui me donnaient à voir ce désir que j'avais en moi, j'ai lu sur leur visage cette écoute de ce que je cherchais à entendre, et ces voies qu'ils avaient empruntées pour l'atteindre et le vivre, je pouvais les emprunter et les comprendre.

Est-ce qu'il y aurait une foi qui ne serait pas soumission, qui ne ferait pas semblant de se soumettre à Dieu pour se soumettre à l'ordre social, une foi qui ne serait pas réduction de la vie au profit d'on ne sait quelle vie éternelle, une foi qui ne soit pas énonciation mesquine de la norme, mais annonciation ? Est-ce qu'il y aurait une foi comme cela ? Je l'ai vue sur leur visage ; c'est elle que je veux suivre.

Après, la foi ne dit pas comment vivre. L'Évangile n'est qu'annonce de la bonne nouvelle, affirmation de la vie obstinée, forte comme la mort, adossée à la mort, récit qui affirme que la vie, d'un coup de talon sur le fond solide de la mort, lui échappe, la traverse, remonte à la surface, et respire à nouveau. La foi est souffle, source de vie, résurrection permanente, l'Évangile est cette nouvelle-là, mais ne dit absolument pas comment vivre. L'affirmation de la vie n'engage qu'à respecter cette vie, tant qu'on peut, sans préciser quel acte la respecte ou ne la respecte pas, et parfois ce qu'on croit être du respect n'est qu'une façon de ne pas la toucher, de la contempler de loin, de ne pas y participer de peur de – de peur de quoi ?

L'affirmation de la permanence de la vie engage simplement à s'en emplir pour la faire vivre, et cette grande respiration qui fait agir le corps s'appelle amour, amour qui est forme de vie, mais cela n'indique pas comment vivre, si ce n'est que cela encourage à respirer davantage, plus profondément, en plus grand. Peut-être cela engage-t-il aussi à ne pas vivre seul, car le souffle se transmet, s'offre, se propage, passe de personne à personne, anime chacun pour peu qu'il le reçoive et ensuite le donne, car ce souffle de soi-même on ne l'invente pas, on le reçoit et on le donne, et il est d'autant plus fort et plus vif qu'il est partagé. Ceci, de très précis dans le sentiment qu'on en a, est très vague quant au mode de vie à suivre pour l'atteindre, l'Évangile ne donne aucune règle pour l'accomplir. C'est à chacun d'écouter son souffle pour savoir d'où il vient, où il va, et comment le faire grandir ; et pour savoir à quel autre souffle il le lie.

Ceux que j'ai croisés m'ont appris le silence, m'ont appris à ne plus craindre le vide, à écouter cette parole ténue qui y flotte encore, trace perpétuelle de l'origine vivante, vie éternelle encore là, déjà là, toujours là. Ceci qu'ils m'ont appris par leur présence est à mon goût.

Bien sûr, on n'y voit rien. Le voir, je le dis encore une fois, dans les circonstances les plus essentielles, ne sert à rien. Notre sens préféré est bien limité, le problème c'est qu'il ne le sait pas ; il tente de nous persuader du contraire, et le plus souvent il y réussit. Tout-puissant par principe, le voir est total, d'une précision un peu grotesque au vu des approximations qui sont les siennes, mais toujours affirmatif, ce qui le rend encore plus grotesque ; voir occupe toute la place, nous laisse croire qu'il s'occupe de tout, voit tout, peut tout. Tant qu'on se contente d'aller au cinéma, de marcher dans la rue, de bavarder sans trop d'enjeux, l'illusion perdure. Mais il est tant de choses qui échappent à ce sens, et il ne comprend pas que cela puisse lui échapper, car tout a l'air net, et stable, à bonne distance, visible donc, c'est-à-dire total et clair, alors que ce n'est qu'une reconstruction mentale qui se fait passer pour la réalité même. Cela produit un petit trouble, un léger malaise dont on ne comprend pas d'où il vient : il devrait fonctionner, le monde, mais il ne fonctionne pas exactement tel qu'on le voit. Alors pour le plus essentiel, il faut parfois fermer les yeux, et s'approcher. Ce n'est pas un éloge de l'aveuglement, mais une prise au sérieux des remaniements qui ont lieu dans la cervelle des aveugles : quand le sens premier s'éteint, les autres se déploient, le réel en est changé, et gagne en densite.

Voir nécessite du recul, du champ, de la distance ; et si je m'approche vraiment de toi, voir ne me sert plus de rien. Tout se déforme, se décale, ton merveilleux visage disparaît, ne te ressemble plus et pourtant tu es là, toute proche, et c'est à ce moment-là que tout se passe, bien plus que lorsque je te regardais d'un peu loin. De loin j'étais émerveillé, et de près je t'aime, et seulement à cette distance-là je t'aime, et cet amour me dit ce que tu es, et m'apprend qui nous sommes.

Aimer quelqu'un, c'est aimer son corps ; non pas par fascination pour les apparences, mais parce que c'est là que tu es, ton petit corps de chair est ici-bas, en ce monde-là que nous partageons, le seul réceptacle de ta présence. Tu es là. Et c'est exactement ça que veut mon amour pour toi, cet élan qui me porte vers toi : que tu sois là.

On n'aime pas de loin mais de tout près, dans le partage d'une présence commune. On touche, on sent. On aime la beauté de la présence, et ceci se manifeste dans le corps réel de qui on aime. Il existe bien une vague notion de beauté intérieure, mais elle ne mène qu'à de pénibles apories : si elle est vraiment intérieure, cette beauté, on ne la voit pas, et elle ne sert de rien ; et si elle se voit, elle est en partie dehors, et on se demande bien pourquoi on la qualifie d'intérieure. Cette idée n'est que de peu d'utilité, on l'évoque par politesse, et le plus souvent elle n'offre qu'un surcroît d'inquiétude : on cherche son intérieur, on n'y trouve rien, on se croit vide. Mais bien sûr qu'il n'y a rien ! Ma beauté c'est toi qui me la montres, et je te montre la tienne, nos visages l'un vers l'autre nous révèlent à nous-mêmes. Sans te rencontrer, comment pourrais-je me rencontrer moi-même ? Comment pourrais-je même me voir ? Comment pourrais-je même savoir que je suis là ?

J'aime ton corps parce qu'il est le tien, parce qu'il est le seul lieu de ta présence en ce monde, parce que là où tu es je me trouve bien, et que ce là-où-tu-es désigne l'espace occupé par ton corps. Ce tout petit lieu devenu immense est parcouru des récits de nos gestes, il résonne de toutes les paroles dites et non dites que nous échangeons, c'est là, tout précisément, dans cette toute petite part d'un univers trop grand que nous avons lieu, et ici réellement je chéris ta présence, et elle est précisément ici, entre mes bras.

Je te sens maintenant, et non pas l'odeur lointaine de ton parfum, molécules très volatiles qui franchissent les distances, mais l'odeur toute proche de ta peau, que tu dissimules le plus souvent, sauf à moi qui m'approche de si près. Je peux te toucher, et ce qui était forme simple quand je te regardais d'un peu loin devient tout un monde où je peux me perdre avec joie, tant il est grand, et divers. Tout contre ton oreille je peux murmurer des mots isolés, des phrases courtes dont tu n'entendras que la moitié, mais tu comprendras bien plus ce qui se dit entre nous que lorsque je te faisais d'un peu loin de beaux discours admirables et complexes, qui ne te concernaient pas tout à fait.

Sentir, toucher, entendre, goûter sont des sens qui sont sans distance. Ce que l'on perçoit, on est dedans, cela vient d'où ça veut, on y est, c'est là ; et quand on y est on n'y échappe pas, car il n'est pas de paupières aux mains, au nez, à la langue ou aux oreilles. En ces sens-là, que l'on éprouve en silence et les yeux clos, loge l'amour, et c'est là qu'il se déploie.

On peut adorer ce que l'on voit, peut-être, on peut l'admirer, l'aimer un peu, l'apprécier sûrement, mais ce n'est pas grand-chose à côté de ce que l'on sent, touche, et entend : ta présence est vraiment là.

Ton merveilleux visage que je reconnais entre tous, que je sais distinguer de loin au milieu d'une foule, quand je m'en approche il se floute, je ne lui vois plus que ses yeux clos, et un sourire très doux qui flotte autour de tes lèvres. Quand je m'approche, tu disparais à mes yeux, ne reste plus que ce sourire flottant, dernière chose que je vois avant de fermer les yeux moi aussi, et s'ouvrent le sentir, le tact et l'entendre, et tu es là.

Il est une nouvelle de Borges (car il en est une pour chaque situation de la vie) construite comme un roman policier, où l'indice que l'on poursuit est l'étrange lueur spirituelle qui émane d'un visage, dont l'enquêteur a l'intuition qu'elle est le reflet d'une lueur plus forte émanant d'un autre visage, et ainsi de suite jusqu'à une scène finale éludée, où il va entrer dans une pièce illuminée par Son visage, pour être enfin en Sa présence.

La vie éternelle et sa lumière résident dans l'espace infiniment plein qui relie son visage et le tien, et son visage est ce que mon regard perçoit à travers cet espace infiniment plein de visages ; son visage est celui fait de tous les visages superposés, il est celui tout au bout que l'on devine, que l'on n'aperçoit pas vraiment, que l'on approche ; son visage transparaît à travers le tien, son visage transvisible se distingue à travers le tien. Et ton visage, que je peux prendre entre mes mains, ton visage duquel je m'approche les yeux clos, mes lèvres entrouvertes, ton visage que j'embrasse les yeux clos parce que de si près les yeux ne servent de rien, ton visage aimé qui m'emplit tout entier au moment où je ne me sers plus de mes yeux, au moment où je t'embrasse, ce visage qui est le tien n'est pas très loin du sien, parce que dans l'éternité que l'intensité fait atteindre, la distance n'existe plus.

Alors quand justement il n'est plus d'espace entre ta peau et la mienne, apparaît comme un espace dont je ne sais pas très bien où il est, je dis espace faute d'autre mot, et j'y suis plongé, c'est un espace très grand, très plein, qui a lieu dans l'espace infime entre mon visage et le tien, entre mes lèvres et les tiennes, espace infiniment étroit du profond contact, et infiniment vaste du lien qui nous unit, espace paradoxal puisque à la fois intérieur et me contenant, nous contenant, nous contenant tous.

Son visage et le tien

Entre ton visage, qui est le plus proche qu'il soit possible de l'être, ton visage que je modèle du bout de mes doigts et que j'embrasse, entre ton visage et le sien est la place pour tous les visages apparus depuis le début des temps, les tout proches juste derrière le tien qui est le proximal, les proches ensuite, puis les à-côté et les plus lointains, les très lointains, les distants, tous, tous les visages de l'humanité de proche en proche, jusqu'au sien qui est au bout, le sien, le distal, qui transparaît à travers tous, et qui est constitué par cette transparence générale. Cette forme lumineuse est un visage car tous les visages se ressemblent, et superposés ils forment encore un visage qui rayonne d'un sourire flottant, très doux, et il accueille tous ceux qui s'en approchent.

Et ceci m'apaise profondément, enfin, car aucun des visages qui sont là ne m'est totalement étranger ; tous, de ton visage proche jusqu'au sien partout présent, je peux, sans que cela pèse, les aimer.

Table

DU MÊME AUTEUR

L'Art français de la guerre,
Gallimard, 2011 (Prix Goncourt)

Élucidations. 50 anecdotes,
Gallimard, 2013

Composition : IGS-CP
Impression : CPI Bussière en septembre 2014
Éditions Albin Michel
22, rue Huyghens, 75014 Paris
www.albin-michel.fr
ISBN : 978-2-226-25698-0
N° d'édition : 21285/01 – N° d'impression : 2011367
Dépôt légal : octobre 2014
Imprimé en France